L'épiphanie du Roi-Soleil

Franz Clément

L'épiphanie du Roi-Soleil

Roman

LE LYS BLEU
ÉDITIONS

ISBN : 979-10-377-8783-5

Du même auteur

Légendes du Pays d'où je viens. Récits fabuleux de la Vallée de la Haute-Sûre, Michel Frères, Virton, 1993 ;

Jeunesse, Politique et Citoyenneté, Mémory Press, Erezée, 1999 ;

Légendes de la Haute-Sûre (en collaboration avec Anne-Sophie Henon), Mémor (Collection Couleurs), Bruxelles, 2003 ;

L'Âme au Nord, Éole, La Roche-en-Ardenne, 2004 ;

Noël sur les Planches. Jeux scéniques pour enfants et adultes sur le thème de la Nativité, Éole, La Roche-en-Ardenne, 2007 ;

Consociativisme et dialogue social. Les relations professionnelles au Grand-Duché de Luxembourg, Éditions Universitaires Européennes, Saarbrücken, 2012 ;

La Profanation de Saint-Denis, Persée, Aix-en-Provence, 2012 ;

Le Dialogue social au Luxembourg. Acteurs, institutions et procédures, Larcier, Luxembourg, 2020 ;

Le Cycle de Noël. Récits, contes, souvenirs et nouvelles pour la Nativité, Memory, Sainte-Ode, 2020 ;

Belgique-Luxembourg. 100 ans de collaboration (coordination d'un ouvrage collectif), Larcier, Windhof, Luxembourg, 2021 ;

Légendes de la Forêt d'Anlier, Memory, Sainte-Ode, 2021.

Avertissement

En 2012, je publiais aux éditions Persée à Aix-en-Provence un roman intitulé *La Profanation de Saint-Denis*. L'actuel ouvrage consiste en une réécriture du précédent. J'ai pris la décision de le publier dix années plus tard à nouveau sous un autre titre pour trois raisons.

Tout d'abord, lorsque je l'ai écrit la première fois, je me trouvais dans des dispositions personnelles peu satisfaisantes tant sur le plan du moral que sur celui de la santé. J'ai donc tenu à remettre l'ouvrage sur le métier, à reconsidérer mon ancien travail et à le récrire dans des dispositions plus favorables.

Deuxièmement, l'édition de 2012 s'était faite via des ventes exclusivement sur internet et non en librairie. Le succès ne fut pas au rendez-vous, on s'en doute.

Enfin, j'ai voulu reconsidérer certains éléments de la première version en l'améliorant à certains points de vue, notamment stylistiques.

Je suis un monarchiste, la république n'est pas le régime qu'il faut à la France.

Charles de Gaulle,
Président de la République française de 1958 à 1969

I

La quille jusqu'à la prochaine rentrée ! Les vacances ! Comme chaque année depuis longtemps, elles commencent par deux semaines chez mes grands-parents. Je leur dois bien ça, les pauvres. Je ne les vois pratiquement jamais et ils sont toujours super heureux de recevoir leur petit-fils... Randonnées en forêt, nuits à la belle étoile, bronzettes au jardin, bains dans la rivière, foot le dimanche avec les jeunes du village... Et tous les soirs la soupe de mamy, rituel immuable. Au début du séjour, ça va plus ou moins, puis trois, quatre jours après, la lassitude s'installe. Mais il ne faut rien dire et se contenter d'avaler, de déglutir sans broncher et toujours complimenter. Soit ! Cette année, il y a un plus : Amina est invitée chez les ancêtres ! Je m'ennuierai moins. Elle m'accompagnera en ballade ; on fera un peu de tourisme dans les patelins de la région et le soir... cric-crac ! Les vacances débuteront dans la bonne humeur, d'autant qu'en ce début juillet, le soleil se montre généreux.

Et puis, trois interminables semaines à gagner durement et péniblement ma vie d'étudiant : retour à Carrières-sur-Seine où j'entraînerai les gamins au foot, au hand, au volley, au rugby et au basket dans le hall sportif de la ville. Puis un comprimé de barbecue ou même deux et ce sera la descente dans le midi avec Amina et les copains : Banyuls, Collioure, Argelès, les plages... Puis septembre arrivera avec son cortège de cahiers dans les supermarchés, ses crayons de couleur pour les mômes, le retour à la fac de Nanterre où Amina loge. Moi pas ! Je suis encore assigné à résidence chez mes vieux en plein Carrières, officiellement faute de blé pour me payer un logement sur place. Je peux aussi les comprendre : Nanterre est à deux pas de Carrières ! En réalité, mes parents ont une frousse bleue que je passe mes jours et mes nuits à faire la java au lieu d'étudier !

Heureusement, j'ai pu rapidement trouver une seconde résidence sur le campus : la villa Amina !

Ce jour, je prends le TGV pour Rethel. Mon grand-père viendra me chercher à la gare, puis nous nous mettrons en route avec la grosse cylindrée du papy à cinquante à l'heure vers Saint-Denis, à soixante s'il est en forme.

Je lui demanderai de s'arrêter, puis je prendrai le volant pour éviter les appels de phares et les coups de klaxon. On y sera avant la tombée de la nuit. Ma petite chérie viendra de Paris me rejoindre avec sa bagnole quelques jours plus tard.

Et puis on pourra apercevoir les toits et la canopée de Saint-Denis ! Sa forêt, l'une des plus étendues de France, paraît-il, ses maisons bourgeoises bien rangées aux rideaux toujours tirés, sans mauvaises herbes sur les seuils, ses routes bien asphaltées, ses jardins tondus, sa pimpante mairie-école, son absence de ciné, de bistro et de resto ! Le pied, quoi ! Et la maison de mes grands-parents que les villageois appellent « le manoir » et où ma famille réside depuis des générations. La demeure est à l'image du reste de la localité : pas un grain de poussière, les haies taillées au cordeau, les bibelots exposés sans fantaisie… Et dedans mes grands-parents : mamy est en tailleur toute l'année et mon papy ne se départit de sa cravate que pour cultiver son potager. Les repas sont servis à heures fixes sans dérogations possibles et le thé se prend à cinq heures tous les jours.

— Mon Mickey ! De plus en plus blond et de plus en plus beau !

— Salut mamy !

— On est si content que tu viennes chez nous. Et ton amie ? Elle n'est pas avec toi ? Ah non, c'est juste. C'est pour un peu plus tard. Et papa et maman, comment vont-ils ? On ne les voit jamais ! Monte vite ranger tes affaires dans ta chambre ; tu connais le chemin ! Puis, tu nous rejoindras ; je t'ai préparé une bonne soupe à la salade.

Mon grand-père est taciturne et laisse à son épouse le soin de poser toutes les questions, y compris les plus banales.

De la soupe à la salade ! Ça commence bien. Quelle horreur ! Je me la farcis tous les étés celle-là ; ça ne manque pas. Mamy évacue comme elle peut les laitues que le papy plante chaque année en trop grand nombre dans le potager.

— Tu as déjà une idée de ce que tu fais demain, mon loulou ?

— J'irai chez Steph voir comment on s'organise pour les matchs.

— Ah oui, ce sera dimanche. Tu ne nous accompagnerais pas à la messe le matin ?

— Euh… Enfin… Je suis crevé de mes examens, je risque de dormir encore. Je dois me reposer : lundi, je fais une première randonnée.

— Bon… Soit ! Tu as ton sac à dos ?

— Oui et ma petite tente. Je dormirai dans le bois.

— Oh mon loup, sois prudent ! J'ai toujours si peur qu'un sanglier ne te charge quand tu dors dans la nature !

— Mamy a raison, Michaël, c'est dangereux. Si tu vas dans la forêt, reste sur la lisière. Les bois sont immenses ; tu risquerais aussi de te perdre.

— Oui, papy, je sais, je sais. « Au pays de mon père, il est des bois sans nombre. » Verlaine, c'est ça, hein ?

— Oui, Verlaine !

— Eh ben, pour un mec qui étudie le sport, je ne suis quand même pas si con ! Extra ta soupe mamy ! (Tu parles !)

— Merci mon petit, je sais que tu l'aimes, je t'en cuisinerai encore…

— Tu veux lire le journal Michaël ?

— Lequel, papy ?

— « La Croix ».

— T'as pas plutôt « L'Équipe » ?

Le lendemain, je me levai vers onze heures, au moment de la sortie de l'église. À midi, j'étais chez Steph. Je le connais depuis des années. Il étudie l'informatique à Charleville, est le pilier de l'équipe de foot du village et le grand ordonnateur des troisièmes mi-temps. Il m'a embauché pour l'après-midi, sitôt dit, sitôt fait ! Deux fois quarante-cinq minutes, puis la défaite 2 à 1. Prolongations jusqu'au coucher et entretemps, en guise de tirs au but, visite de papy et mamy qui avaient discrètement suivi les exploits de leur cher gamin sur le terrain.

— Ne bois pas trop Michaël !

— Ne tarde pas ! La nuit va tomber.

— Sois gentil avec nous ! Ne nous inquiète pas !

— Nous aimons aller nous coucher tôt. Reviens vite ! La porte sera fermée à clé…

Shooté au Coca et à la Vittel, je gagnai mon plumard en vue de la première expédition du lendemain.

Le grand jour de ma première randonnée estivale était arrivé. À peine levé, je m'habillai : grosses godasses de marche, t-shirt et bermuda ! Puis, je me rendis à la cuisine où mes grands-parents étaient bien sûr déjà installés. Sur la table se trouvait une multitude de vivres que ma grand-mère m'avait achetés ou préparés en prévision de mes escapades : des biscuits, de l'eau, des sodas, du chocolat, des pâtes froides avec mayonnaise et dés de tomates, des œufs cuits durs, des tartines à la confiture, de l'omelette entre deux tranches de baguette, du saucisson et bien sûr… un thermos de soupe à la salade.

— Mamy, je ne pourrai jamais prendre tout ça avec moi. C'est trop pour mon sac !

— Mais si mon chou. Tu rentreras demain, alors il faut prendre des forces. Surtout, bois ta soupe bien chaude vers le soir. Tu risques d'avoir froid dans les bois la nuit…

— Bon ! Euh… Merci.

— Tu as bien tout, mon ange ?

— Oui : mon sac, ma tente, mes provisions, ma boussole, la carte du coin… Aucun problème ! Je suis paré.

Avant de partir, je reçus encore de mes grands-parents mille et une recommandations :

— Ne dors pas sous un arbre s'il y a de l'orage ! Fais attention aux grosses bêtes ! Méfie-toi des renards enragés… D'ailleurs, attends encore un moment, mon loulou, je vais vite te chercher de la pommade et de l'aspirine. On ne sait jamais…

— Michaël, ne t'aventure pas trop loin dans les bois. Ils sont touffus ; c'est lugubre à la longue. Vers le soir, reviens à l'orée de la forêt et fais-en plutôt le tour que de la traverser. Il n'y a que des feuillus et des sapins, tu ne verras rien d'autre…

— Oui, papy, oui ! Allez, à demain !

Je quittai le village avec sur le dos le barda d'un militaire en exercice de manœuvres. Mon sac pesait rudement lourd. À peine entré dans les bois, je découvris un ruisseau. Aussi, j'accomplis là une première action quasi humanitaire : nourrir les poissons de l'Aisne en aval. Je versai donc la soupe à la salade dans l'eau. Ça allégeait le tout et me délivrait d'un moment de torture gustative. Les chevesnes, les goujons et les truites m'en seraient éternellement reconnaissants. C'est avec un plaisir intense que je suivis du regard les microscopiques morceaux de laitues se quitter l'un l'autre et se laisser emporter par le courant.

Ma passion des randonnées n'est pas neuve. Ce que j'aime dans ce sport, c'est la découverte de l'inconnu : des bois et des campagnes où je pose les pieds pour la première fois, des chemins et des sentiers abandonnés depuis plusieurs années et que je redécouvre, des traversées de champs et de forêts en suivant parfois mon sens de l'orientation… Et puis il y a le plaisir des pique-niques, des nuits dans la nature, du camping sauvage ! Le plus agréable, c'est d'entendre le chant des oiseaux déchirant le silence, mais aussi les bruits indéfinis peuplant les nuits…

Moi qui venais à Saint-Denis en vacances depuis des années, c'était la première fois que je me décidais réellement à m'aventurer vers le cœur de cette immense forêt nichée dans les Ardennes, peuplée surtout de bois austères, de hauts résineux, de fières pinèdes et, paraît-il, de mystères et de légendes en tous genres. Petit, mes grands-parents m'avaient rabâché les oreilles avec les exploits du Cheval Bayard et des Quatre Fils Aymon. Je doutais toutefois de faire leur rencontre un jour…

Plus j'avançai vers le cœur de la forêt, plus je trouvai que les chemins et les sentiers avaient tendance à se rétrécir. Pris de doute, je voulus saisir ma boussole pour connaître mon orientation exacte. Je fouillai mon sac à dos où j'avais pour habitude de la laisser en permanence. Elle était introuvable ! J'étais pourtant certain de l'avoir emportée : à Carrières, j'avais encore vérifié mon équipement et elle se trouvait bien dans l'une des poches intérieures. J'avais dû l'égarer dans le TGV ou dans la maison de mes grands-parents ; c'était la seule explication plausible.

Je m'en trouvais toutefois bien contrarié. Pour ne pas me perdre au milieu de ces étendues immenses, j'entrepris donc de jouer au Petit Poucet. Ainsi, lorsque je rencontrais de nouveaux sentiers que j'allais emprunter, je superposais aux croisements des petits chemins quelques pierres, généralement trois, sur lesquelles j'ajoutais une carotte de sapin. Celles-ci jonchaient le sol et devenaient des repères faciles. Par sécurité, je dressais et plantais encore dans le sol des branches mortes à côté des petits monticules de minéraux.

À un moment donné, alors que je circulais sur un minuscule sentier, rendu particulièrement sombre par le rapprochement des allées de conifères le bordant, je fus intrigué par un rayon de lumière filtrant entre les branches. Ce ne pouvait être l'effet du soleil, celui-ci se trouvant dans mon dos et étant déjà sur le déclin du jour. Plus j'avançais, plus la lumière s'imposait, immobile, discrète. J'approchai. Il me sembla tout doucement distinguer des fenêtres, puis un grand mur aux tons crème. Une bâtisse se trouvait-elle là en plein milieu de la forêt ? Ma curiosité me poussa à poursuivre le sentier…

Quelle ne fut pas ma surprise quand, petit à petit, je vis prendre forme devant mon regard… un château ! Pas énorme, certes, mais un vrai château. Deux tours coiffées de toitures coniques encadraient la façade. Celle-ci était percée de plusieurs fenêtres et un petit escalier central menait à une grande porte vitrée.

Le plus étrange en ces lieux était indiscutablement la teinte du ciel autour et au-dessus de l'édifice. Il était vert émeraude. Instinctivement, je pensai que c'était là l'effet des sapins reflétant leurs couleurs dans les vitres. Les conifères étaient d'ailleurs fort rapprochés de la bâtisse qui, à l'intérieur, devait sans doute être bien sombre.

Je fis le tour complet de la demeure. Le long des murs étaient plantées des fleurs identiques à celles ornant les parterres du manoir à Saint-Denis : des lys blancs. Ceux-ci étaient toutefois d'une taille inférieure à ceux de mes grands-parents. Le peu de lumière les atteignant ne devait sans doute pas beaucoup favoriser leur croissance. Les façades étaient toutes percées de fenêtres et le château ne comportait qu'un seul étage. J'aperçus des soupiraux indiquant la présence de caves. Sous les corniches, les peintures étaient verdâtres, signe évident d'une présence d'humidité et de lichens.

J'eus l'impression d'être le prince charmant d'un conte de fées allant à la rencontre de sa belle. Mais le plus surprenant était la lumière provenant de l'intérieur. La demeure était donc habitée… Par qui ? Et comment pouvait-on accéder à l'édifice ? Aucun chemin carrossable, même en 4x4, ne se trouvait à proximité. Seuls des sentiers particulièrement étroits y menaient. Je les voyais aboutir de trois endroits autour de la construction. Il me sembla distinguer un autre accès, plus large, mais encombré de hautes herbes. J'étais stupéfait !

Je sentis le besoin de satisfaire ma curiosité. J'empruntai l'escalier de quatre marches, puis frappai à la porte-fenêtre, principal accès à la maison. Personne ne vint ouvrir. À l'intérieur, un éclairage vacillait, comme si un feu était allumé… Je frappai une seconde fois. On ne vint toujours pas m'ouvrir. Tentant le tout pour le tout, je posai ma main sur la clenche et l'abaissai. Le château était ouvert. J'entrai… Le hall d'entrée contenait trois guéridons et plusieurs portes. Là se trouvait aussi l'escalier conduisant à l'étage. Le sol était de dalles de marbre clair, usées par le temps. Un quinquet brûlait…

— Il y a quelqu'un ?

— …

— Ohé ! Il y a quelqu'un ?

Je n'obtins jamais de réponse. Je pris la liberté d'entrer dans la pièce d'où provenait la lumière principale. Il s'agissait d'un superbe salon aux meubles anciens. Mes connaissances historiques n'étaient pas suffisamment étendues pour que je puisse en identifier le style et l'époque. Un feu brûlait franchement dans l'âtre. On avait donc dû l'alimenter peu de temps avant mon intrusion. La cheminée était gigantesque ; elle occupait une large partie du mur principal de la pièce. Un texte étrange était inscrit en lettres dorées sur la hotte, dévorant presque tout l'espace de celle-ci :

Dans le Sein de l'Astre sont
trois Merlettes aux Ailes déployées et
le Trident de Neptune
Celui qui l'une des Sentes empruntera
le Tombeau du Roy saura
et sa Fin trouvera

Je constatai bien évidemment que ce texte était écrit dans un français plutôt ancien et qu'une partie était en rimes, mais que pouvaient signifier ces quelques phrases ? Décidément, je nageais en plein mystère. Sur un autre mur de la pièce était accroché un portrait sous lequel figurait la simple inscription « Louis XIV ». Le grand roi était représenté en manteau d'hermine bleu, couvert de lys dorés, avec sa légendaire perruque.

Je résolus de faire le tour de toutes les pièces. Contiguë au salon se trouvait une longue salle à manger. Au milieu trônait une table de bois richement sculptée pouvant laisser place à douze convives. Je remarquai ensuite une cuisine dans laquelle rien ne semblait avoir vraiment bougé depuis un certain temps : tout y était visiblement d'époque. Une cuisinière fonctionnant au bois et une pompe à eau en assuraient les principaux accessoires. Aux murs étaient accrochés quantité d'ustensiles en cuivre : moules à gâteaux, poêlons, casseroles… Il n'y avait toutefois ni poussières ni toiles d'araignées. Aucun doute n'était permis : ce château était bel et bien habité ou au minimum régulièrement entretenu…

Dans une autre pièce se trouvait simplement un petit secrétaire ouvert avec un encrier et une plume. Une veilleuse y brûlait. De l'autre côté du hall d'entrée se trouvait une chapelle privée décorée simplement : un prie-Dieu central, six autres à l'arrière, un grand crucifix mural, plusieurs chandeliers et tableaux représentant des scènes bibliques, un petit autel en bois.

Sur les murs des diverses pièces étaient accrochés plusieurs tableaux et gravures. La plupart représentaient des jardins à la française, des vues du Louvre et de Versailles, des scènes de batailles livrées par Louis XIV : Montmédy, le Rhin, Bergues, les guerres de Hollande… J'aperçus aussi des bustes en marbre immortalisant divers personnages qui m'étaient pour la plupart inconnus. Sous certains étaient en revanche gravés des noms : Colbert, Le Nôtre, Mazarin, Louvois, Lully, Bossuet… Je tentai d'ouvrir une autre porte ; celle-ci était fermée et aucune clé ne se trouvait dans la serrure. J'en déduisis qu'elle devait conduire au sous-sol.

Je me risquai à monter à l'étage. Plusieurs chambres à coucher décorées de façons similaires y étaient aménagées. Une seule faisait exception : la plus grande. Elle contenait un énorme lit à baldaquin avec à nouveau un portrait de Louis XIV. Dans certaines chambres, des vêtements d'époque étaient disposés sur des chaises, comme si on les avait jetés là en se déshabillant. Il s'agissait de livrées identiques, toutes de couleur rouge. On aurait dit des habits comme en portaient les laquais autrefois. Je dénombrai au total sept chambres ainsi qu'un genre de salle d'eau, du moins ce qui me paraissait en être une, sans certitude absolue.

Je me risquai à nouveau...
— Il y a quelqu'un ?

Toujours pas de réponse ! Un étrange sentiment de peur mêlée d'incrédulité commença à m'envahir. Où étais-je ? Qui habitait là ? Pourquoi ne me répondait-on pas ? J'avais fait le tour des pièces ; tout était vide. À part l'odeur du bois brûlé, aucune autre ne pouvait être décelée. Et quel silence ! À l'exception du crépitement des bûches au rez-de-chaussée, nul bruit n'était perceptible. Je décidai de quitter les lieux... Combien de temps avais-je pu mettre à visiter ce petit château ? Dix, quinze minutes tout au plus ? Sans doute.

Je dus marcher à mon avis encore deux à trois kilomètres en direction de Saint-Denis. Lorsque je retrouvai l'un des chemins plus larges que comportait la forêt, je décidai de monter ma tente et de me restaurer un tantinet. Il me fut impossible de trouver le sommeil avant un bon bout de temps. Cette aventure m'avait intrigué. J'eus même envie de retourner vers le château en pleine nuit, dévoré de curiosité. Finalement, je résolus d'en parler à mes grands-parents le lendemain dès mon retour. Eux devaient forcément en savoir davantage sur la présence de cet édifice en plein milieu des bois et sur l'identité de ses habitants.

Le jour suivant, je parcourus encore et toujours cette immense forêt, profitant de la fraîcheur des arbres, des chants des oiseaux et des murmures des rus. Ce n'est qu'à l'approche du soir que je rentrai au village.

— Te voilà, mon Mickey ! Nous nous sommes inquiétés, mon ange. Nous avons essayé de t'appeler sur ton téléphone une trentaine de fois ; tu ne répondais jamais.

— Désolé, mamy, j'avais oublié mon portable dans la chambre.

— Songe un peu à ta grand-mère, Michaël ! J'ai cru devoir appeler le médecin pour la calmer. Elle a risqué l'infarctus ! Tu n'es pas chic avec nous.

— Je te dis, papy, que j'avais oublié mon portable ici. En plus, il ne doit pas y avoir de réseau dans les bois.

— Réseau ou pas, ne l'oublie plus à l'avenir ! Ça s'est bien passé ton expédition ?

— Et comment ! La forêt est splendide et j'ai fait une belle découverte. Vous ne m'aviez jamais dit qu'il y avait un château au milieu des bois…

— …

— Vous le connaissez, je suppose ?

— Je ne vois pas de quoi tu veux parler, Michaël !

— Enfin si, vous devez savoir ! Très, très loin d'ici il y a dans…

— Ah, bien sûr ! Le château de Grandpré.

— Ah, il s'appelle comme ça ?

— Non, papy veut dire que le village où il se trouve s'appelle Grandpré. C'est à quelques kilomètres de Saint-Denis.

— Non, non, celui que j'ai vu n'est pas dans un village. Il est au milieu de la forêt et il est habité.

— Mais non enfin !

— Mais si ! Je suis même entré ; la porte était restée ouverte. C'était étrange : un gros feu brûlait dans la cheminée. J'ai appelé pour voir s'il y avait quelqu'un, mais personne n'a jamais répondu. C'était vraiment curieux.

— Tu dis n'importe quoi !

— Papy, tu me prends pour un con ?

— Michaël ! Sois poli avec ton grand-père !

— Je vous dis que je suis entré dans ce château…

— Ça suffit avec tes sornettes. Tu as rêvé !

— Non ! C'est un bâtiment rectangulaire avec deux tours sur l'avant et une haute porte d'entrée vitrée ; partout autour il y a des fleurs blanches comme chez vous… Des lys, j'en suis sûr.

— Mais oui, c'est Grandpré ! Le château des comtes de Joyeuse.

— Non et non ! Pourquoi est-ce que vous ne voulez pas me croire ?

— Michaël, nous habitons ici depuis toujours. S'il y avait un château dans la forêt, nous le saurions ! Tu es allé à Grandpré, voilà tout ! À quelle heure était-ce ?

— Hier fin d'après-midi, début de soirée !

— C'est cela ; la nuit tombait et tu auras mal vu !

— Tu me prends pour un débile ou quoi ? En plus, on aurait dit que le ciel était tout vert au-dessus du bâtiment…

— … Tu as vu du gibier ?

— Oui, des biches et deux sangliers. Mais je suis rentré dans ce château et je…

— Ah non ! Ça suffit maintenant ! Tu n'es pas passé dans un bistro avant de venir ici ?

— Arrête de te foutre de moi !

— Michaël, en voilà assez !

— Non, ce n'est pas assez ; vous êtes tous les deux en train de me prendre pour un débile alors que j'ai raison !

— Ça suffit ! Ta grand-mère et moi ne sommes pas là pour nous faire insulter.

— Bon, je vais me doucher et me coucher ! J'en ai marre ! Vous êtes des menteurs et de vieux gâteux !

— File ou j'appelle ton père.

— Allez au diable…

— Et là ! Poli, cher ami ! Tu as bu ma soupe au moins ?

— Non ! Je l'ai tapée au ruisseau.

— Oh, Charles ! Ma soupe !
— Disparais ! Vaurien ! Grossier ! Ingérable !

Pourquoi mes grands-parents ne voulaient-ils pas me croire ? Je ne comprenais pas. Ça venait de chauffer entre eux et moi pour quelque chose d'anodin. Quoique... Ce château habité, mais vide, me laissait un arrière-goût d'étrange et de surnaturel. Je tentai de trouver le sommeil en lisant de vieux albums de Michel Vaillant de la collection de papy, mais le marchand de sable ne passa pas... Mon esprit était habité, hanté par cette aventure.

Toc ! Toc !

— Mickey ! C'est mamy ! Lève-toi, mon grand !

— Grrr...

— Il est presque neuf heures !

— Grrrrrmmmbbbll...

— Viens, le petit-déjeuner t'attend. Ne traîne pas, ton café va refroidir ! Il est déjà servi...

— C'est pas vrai !

Cinq minutes plus tard, enfin je pense...

Boum !

— Michaël ! Alors, je t'attends !

— Je suis crevé !

— Non, non, lève-toi. Ce n'est pas sain de paresser au lit à ton âge. Un peu d'entrain, bon sang !

Je m'extirpai péniblement du lit puis descendis à la salle à manger.

— Que fais-tu ici torse nu et en caleçon ?

— Ben, je viens prendre le petit-déj ; tu m'as appelé pour ça, non ?

— Tu pourrais quand même t'habiller. Voilà ce qui arrive quand on s'endort à des heures impossibles : on ne sait plus ce qu'on fait au réveil. Il y avait encore de la lumière dans ta chambre à deux heures cette nuit. Ton grand-père est dans le potager depuis six heures et demie, lui !

— Normal : il est retraité. Il n'a que ça à f...

— Michaël, sois poli ! Voilà justement papy qui revient. Il est furieux de la comédie que tu nous as jouée hier soir. Attends-toi à recevoir un fameux savon.

— Ah te voilà, Michaël ! Je ne te félicite pas pour hier. Nous traiter de menteurs !

— Oui, papy a raison. Tu as bien changé depuis la nouvelle année. Tu n'es plus le même.

— En plus, je trouve que tu as de mauvaises fréquentations ! Je pense à ce Stéphane. Je l'ai vu au football dimanche : il buvait la bière à la bouteille. Puis le genre qu'il a attrapé : cinglet, cheveux en bataille, boucle d'oreille, tatouage sur le bras... Tu devrais surveiller tes amitiés ! Tu joues avec notre réputation ! Nous n'avons jamais fréquenté ce genre de personnes.

— Ah c'est beau de se baser sur les apparences ! Je suis ici pour me détendre, pas pour me faire hurler dessus, OK !

— Michaël, arrête ! Nous sommes âgés et tes grands-parents de plus ! Tu nous dois le respect. Cela ne fait que quatre jours que tu es arrivé et tu es insupportable. Tu n'étais déjà pas un adolescent facile, mais l'âge et l'université n'arrangent rien à ce qu'on peut voir.

— C'est bon qu'Amina arrive demain, sinon je m'en irais sur le champ ! Vous m'agacez comme c'est pas croyable !

— Bon, c'en est trop. Je téléphone à tes parents.

— Allô ! Étienne ? Oui, c'est papa... Si ça va ? Pas vraiment, non ! Michaël est insupportable et très difficile avec nous... Depuis qu'il est arrivé, on n'entend plus que de gros mots et des récriminations ! Si cela continue, je le renvoie chez vous ! J'espère qu'Amina pourra le calmer... Il nous a mené un cirque hier soir avec une histoire à dormir debout. Il prétend être entré dans un château qui n'existe même pas... Un vrai sale gosse... Oui, il nous a insultés... Il se promène en caleçon dans la maison, ne dort plus la nuit... Même pas un compliment pour la soupe de sa grand-mère... En plus, il a de mauvaises fréquentations. Il est camarade avec ce Stéphane, un garçon du village. Tu te souviens de lui ? Je te laisse deviner ce qu'il est devenu : tignasse, boucles aux oreilles, tatouages plein le corps, alcoolique au dernier des degrés... Oui, de la vraie racaille !

— C'est honteux ! J'ai envie de vomir ! J'me casse !

— Voilà, il se sauve maintenant ! Il vient de jeter son pain sur la table ! Où vas-tu ?

— Nager dans l'Aire avec Steph !

— Tu entends, Etienne ? Il va retrouver ce bandit ! Je lui laisse vingt-quatre heures pour se corriger, pas plus, sinon je te le renvoie... Ah ! Ah ! Michaël ! Ton père exige que tu nous présentes des excuses ! Il file... Je vais le dresser, moi ce sale petit sanguin...

Après m'être habillé, je me rendis chez Steph sous le regard peiné de mamy et sous celui méprisant de mon grand-père, rouge de rage et malade d'incompréhension.

— Steph ! Steph !

Il apparut à la fenêtre de sa chambre à coucher.

— T'es déjà là ? T'es tombé du lit ? T'es fou !

— Ne m'en parle pas. Je vais te raconter. Je viens de me tirer de chez les vieux. Et avant-hier, il m'est arrivé un truc incroyable...

— Attends, je viens t'ouvrir. Tu me raconteras, puis on ira nager.

Je racontai à Steph les événements avec les grands-parents, mais je ne rapportai rien de leurs propos sur son compte ; je ne voulais pas le chagriner. Steph est un ami d'enfance : le garçon que je retrouve chaque année aux vacances d'été et de Noël, avec lequel je faisais déjà les quatre cents coups au village lorsque j'étais gamin, lancer d'œufs sur le couvent des Ursulines, invasion organisée de limaces dans les salades de qui l'on devine.... Sur la route vers l'Aire, je lui narrai mon étrange découverte de l'avant-veille.

— C'est curieux ce que tu me racontes là, Mike. J'habite ici depuis tout gosse et je te jure que je n'ai jamais entendu parler d'un château pareil. À part celui de Grandpré, il n'y en a pas d'autres dans la proche région. Plus loin, il y en a un aussi à Châtel-Chéhéry, mais c'est à pas mal de distance. Je t'assure. En plus à Grandpré, il ne ressemble pas à ce que tu m'en dis.

— J'aimerais en avoir le cœur net ! On pourrait aller là-bas vérifier ?

— Bien sûr ! On irait après le déjeuner ?

— OK ! Merci.

— Et maintenant, à la flotte !

L'été était bien là. Steph et moi, nous enfourchâmes son VTT et celui de sa sœur. Nous entrâmes dans la rivière, mais il fut impossible d'y nager tant les eaux étaient basses. On pataugea donc. Bien vite, plusieurs copines et copains de Steph ayant eu la même idée nous rejoignirent. J'en profitai pour lui glisser dans le creux de l'oreille de ne parler à personne de l'histoire du château.

Le pique-nique, une fois pris, nous reprîmes la route. Au bout d'une dizaine de kilomètres, le clocher de Grandpré apparut entre les cimes des chênes et des conifères. Après avoir passé quelques maisons, nous arrivâmes devant le château. Sa façade était plutôt sombre, son allure très massive. Une route passait directement devant l'édifice. Ce n'était pas mon château dans la forêt. Je m'en doutais : je n'étais pas venu à Grandpré. Mon castel était au fond des bois, très loin.

Bredouille ! Je rentrai déçu. Sur la route vers Saint-Denis, je le fus bien davantage encore lorsque Steph m'apprit certaines choses concernant mes grands-parents…

— Honnêtement, Mike, si tu le permets, dans le village, tes grands-parents ne sont pas trop appréciés. Mais je ne veux pas te faire de la peine…

— Au contraire, vas-y ! Je m'en doute qu'ils sont mal vus.

— Ton grand-père se prend pour le big boss parce qu'il dirige les chasses depuis la nuit des temps dans tous les patelins autour de la forêt. En plus comme ta mamy et lui ont été profs en fac, ils nous prennent pour des bouseux.

— Même ma grand-mère ?

— Elle, moins ; on ne la voit que rarement. Mais ton papy est le maître absolu avec ses chasses et son pognon… La grosse Citroën pour la semaine et le 4x4 pour les repérages en forêt ! Les gens lui font des courbettes, mais au fond d'eux-mêmes, ils le méprisent.

— Ils ne doivent pas se frotter à grand monde !

— Ils fréquentent le Rotary du coin, le curé, les sœurs du couvent et toutes les grenouilles de bénitier qui tournent autour. Je sais qu'ils reçoivent le curé à dîner chez eux de temps à autre. On les voit à la messe tous les dimanches, paraît-il. Moi, je n'y vais jamais et mes parents non plus : nous sommes athées. D'ailleurs, tes grands-parents ne nous saluent plus depuis qu'ils l'ont appris.

— Les deux réacs !

— Ta grand-mère dirige les bonnes œuvres de la paroisse et prépare des goûters pour les vieux un dimanche par mois : elle cuit elle-même les cakes et les tartes aux pommes ! L'été, elle remet des pots de confitures maison dans les ménages des plus de soixante plombes. Elle fait la pub de ton grand-père ; c'est grâce à ça et aux chasses qu'il est premier adjoint au maire depuis des années. Il fait peur…

— Ah bon ?

— Rien que par sa carrure, il en impose. Les gens le savent puissant et rusé, alors ils font tout pour être bien vus ; à la mairie, c'est lui qui s'occupe de la gestion des forêts, des cultures, des étangs et des ruisseaux. Il connaît les petits secrets de tout le monde. Alors tu penses… Dans une région où il n'y a pas grand-chose, les gens n'ont que le bois.

— Pourtant, quand on se promène dans le patelin, ça a plutôt l'air rupin, non ?

— Oui, il y a de gros forestiers qui ont du fric, puis des tas de chasseurs que ton papy a fait venir de Paris et qui se sont installés dans de secondes résidences : des toubibs, des avocats, etc. Mais il y a aussi l'autre côté de Saint-Denis : mes parents par exemple. Ma mère est toujours restée femme au foyer et mon père est ouvrier d'usine à Sedan. D'ailleurs, t'as vu notre bicoque, c'est pas le castel de tes grands-parents ! Mais ton grand-père a son électorat : les p'tits vieux, les gros bourgeois et les cathos bien-pensants.

— Je ne m'attendais pas à ça. Je ne les imaginais pas ainsi.

Le reste de la journée se passa agréablement. Avec quelques joueurs du club de Steph, nous tapâmes le ballon sur le terrain de foot de l'Union Sportive Saint-Denis. Vers la fin de l'après-midi, je dus bien me résoudre à rentrer chez mes grands-parents. J'avais le cœur serré et une boule dans l'estomac.

— Je t'assure, Steph, que si Amina ne débarquait pas demain, je quitterais à coup sûr leur piaule. Je me demande comment je vais être reçu !

— Écoute, Mike, tu y es peut-être allé un peu raide avec eux, d'accord. Si j'étais à ta place, je leur demanderais doucement pardon. Tu t'excuses ; il n'y a pas de mal à ça. Tu leur joues les regrets puis tu nous rejoins pour… Attends…

Steph se tourna ensuite vers ses camarades restés sur le terrain.

— Eh, les gars, un barbec chez moi ce soir, ça vous dit ?
— Ouaaaaais !

C'était réglé : l'un amenait des saucisses, l'autre des brochettes, un autre encore le pain, un quatrième du pinard ou de la bière, un cinquième des macaronis à la mayonnaise et moi je promis de leur ramener… des salades fraîchement cueillies dans le jardin de mes grands-parents. Le temps de récupérer les copines à gauche et à droite et on convint tous ensemble de se retrouver dans le jardin de Steph vers dix-neuf heures.

Je pris mon courage à deux mains et regagnai le manoir.
— « Soir… »

Mon grand-père la tirait laide !
— Tiens, Michaël qui revient chez les vieux gâteux et chez les menteurs…
— Oh ça va. Je m'excuse. OK ? C'est bon ?
— On ne s'excuse pas soi-même, Michaël. On demande à être excusé…
— Charles, je t'en prie, le gamin a voulu bien faire.
— Oui, Madeleine, mais il doit apprendre à parler correctement.
— Ça ne va pas recommencer, non !
— Michaël, ne remets pas le couvert, veux-tu !
— Je rentre ; je m'excuse, mal peut-être, d'accord, mais il y a excuses quand même et je me fais ramasser ! C'est inouï !
— Viens, mon petit. Pour dîner, j'ai cuit une soupe aux haricots frais du potager, puis il y aura une salade aux œufs et aux lardons.
— Euh… C'est pas possible ce soir, mamy : il y a un barbec chez Steph avec les gars du foot.
— Oh, Michaël, tu aurais pu me prévenir, mon loulou ! J'ai préparé une grande casserole de potage.
— Désolé ; ça vient d'être décidé il y a un quart d'heure seulement. Demain, tu pourras en servir à Amina ou lui faire une autre soupe.

— Non, Michaël, ta grand-mère n'est pas la bonniche taillable et corvéable à merci qui doit se plier à tes moindres fantaisies.

— Charles, arrête, je t'en prie !

— Non, Madeleine. Michaël nous prend pour des idiots. Il se paie notre tête à tous points de vue depuis qu'il est arrivé. Il nous manque de respect.

— Incroyable ! Je suis rentré de même pas cinq minutes qu'on me fait de nouveau la tête ici !

— Mon petit, va à ton barbecue, mais sois rentré pour vingt-deux heures s'il te plaît. Sinon, je risque de me faire du mauvais sang.

— Ce ne sera pas possible, mamy. Avec le beau temps qu'il fait, c'est sûrement un coup de minuit passé. En plus, nous les jeunes, on est tous en vacances ; on en profite un max et on…

— Et vous êtes surtout un ramassis de parasites et d'improductifs ! Ta grand-mère a dit vingt-deux heures, Michaël ! À vingt-deux heures et une minute, la porte sera fermée à clé et tu coucheras dehors ! C'est clair ? Me suis-je bien fait comprendre ?

— Et moi, Monsieur Chapiseau, je te dis qu'il sera minuit passé ! Vous n'avez qu'à me filer un double des clés de la bicoque et c'est réglé après tout…

— C'est hors de question. Pour que ton Stéphane s'en empare et rentre ici ivre mort pour nous voler !

— J'en ai ras le bol ! Je monte dans la chambre puisque c'est comme ça : je vais chercher ma brosse à dents, un calebar et des fringues pour demain. Je logerai chez Steph ou chez un de ses copains…

— C'est ça ; va loger avec tous ces gens : ce sera le dortoir du populo ! Belles relations… Compliments !

— OK, j'ai compris. J'me casse !

— Ça ne fera jamais que la deuxième fois en un jour ! Je vais à nouveau téléphoner à ton père pour…

— Sonne à qui tu veux pour te plaindre ! Même à Macron si t'as envie ! À demain…

— Fais attention à ton portefeuille avec toute la belle société qu'il y aura là ce soir…

— Va au diable… À propos, t'en auras peut-être besoin de cette « société » pour te faire réélire la prochaine fois !

— Sûrement pas ! Je ne vais pas chercher mes électeurs dans les bas-fonds !

— C'est juste : tu ne fréquentes que les hypocrites qui vont se donner bonne conscience à l'église le dimanche !

— File, mécréant ! Blasphémateur ! Païen ! Révolutionnaire ! Surexcité ! Pas de place pour les révoltés sous mon toit !

En descendant l'escalier, ma grand-mère, chagrinée, se trouva dans le hall d'entrée pour me souhaiter une bonne soirée.

— Pardonne à papy, mon chou, il est très énervé ces temps-ci.

— Moi aussi ! J'en ai marre de lui… Qu'est-ce qu'il a après moi ? Qu'est-ce que j'ai fait de mal ? Qu'est-ce qu'il me veut à la fin ?

— Je ne sais pas trop. Ne cherche d'ailleurs pas à savoir. Il a ses humeurs comme tout un chacun…

— N'empêche, c'est pas évident à supporter…

— Reviens dîner demain avec Amina. Je préparerai un bon far breton comme dessert ! Tu me le promets ?

— Oui, mamy, à toi je le promets. À demain… Au fait, t'as pas des salades à me filer ? C'est pour le barbec !

— Si ! Mais est-ce que vous savez faire une vinaigrette ?

— Honnêtement, je ne crois pas.

— Attends alors, je vais te remettre la salade aux œufs que j'ai préparée, un bocal de vinaigrette et quelques tomates. Vous n'aurez qu'à les couper, à les ajouter et à mélanger le tout. Tu pourras prendre encore deux concombres…

— Super ! Merci. Et si papy s'en aperçoit ?

— Je dirai que j'ai cassé le saladier et que j'ai dû mettre le tout à la poubelle…

— Mamy, toi au moins tu es gentille avec moi et compréhensive, surtout. Papy est sectaire. Et quelle méchanceté envers les jeunes ! Il raconte n'importe quoi sur les copains du foot !

— Mais je t'aime tellement, mon petit loup ! C'est normal ! Amusez-vous bien et à demain ! Vous ne voulez pas un peu de soupe, j'y pense ?

— Euh… non merci. Les légumes suffiront. À plus…

— Et vous avez du vin à boire ?

— Je crois que quelqu'un en amène, oui…

— Tu es sûr ?

— Franchement, non. Je ne me souviens plus trop.

— Alors, attends ! Va discrètement au cellier et prends quelques bouteilles. Il y a au bas de l'escalier un sac en jute : tu les cacheras dedans. Papy n'en saura rien.

— OK, je descends… Merci mamy.

Dans la cave de mon grand-père, je pris trois bouteilles au hasard. Je sais différencier le Coca classique du light et du sans sucre, mais les vins c'est autre chose…

— Voyons… Chassagne-Montrachet, 2004… Gevrey-Chambertin de la même année ! Jamais entendu ces noms-là ! Et… Côte Rôtie 2009. Waouh ! Avec un nom pareil, ça doit être un pinard spécial pour barbec ! Je vais en prendre deux bouteilles de celui-là.

Comme le barbecue se termina sur le coup d'une heure trente, je passai bien entendu la nuit chez Steph. On se réveilla le lendemain entre onze heures et midi. Je fus à nouveau assailli par les souvenirs de mon escapade dans le mystérieux château. J'étais tracassé aussi : Amina allait débarquer le soir au manoir et j'étais entré en conflit ouvert avec papy. Comment le reste du séjour chez lui allait-il se passer ? Je refusais de remettre encore une fois de l'eau dans mon vin : plus question d'excuses ! Mon grand-père m'avait provoqué la veille, après tout. Je ne voulais pas devenir son paillasson.

L'après-midi, après avoir reparlé à Steph de mon aventure, il me proposa de découvrir sur son ordinateur quels étaient exactement les personnages peints et sculptés représentés dans le château. J'avais toujours été nul en histoire, tant au collège qu'au lycée. J'avais dû travailler durement cette matière pour préparer et finalement réussir mon bac. Bref, je ne pouvais que faire des découvertes…

Steph transporta sa bécane dans le jardin et nous commençâmes à interroger les moteurs de recherche sur internet.

— Bon, Mike, on commence par qui ?

— Attends, je me souviens d'un buste… celui d'un certain Colbert !

— Je crois savoir ; c'était un ministre de Louis XIV. On va vérifier… Colbert Jean-Baptiste, 1619-1683, contrôleur des finances, secrétaire de la Maison du Roi, secrétaire d'État de la marine, est entré au service de Louis XIV… T'as un autre nom en tête ?

— Oui, Le Nôtre ! Ça doit être comme le pâtissier sur les Champs-Élysées !

— Le Nôtre… Voici : né en 1613, mort en 1700, il fut un protégé de Louis XIV comme jardinier attitré du Roi, mais aussi le concepteur des parcs et des jardins de Versailles, Chantilly et Vaux-le-Vicomte. Un autre nom dans ton chapeau, mon p'tit Mike ?

— Euh… Si je me souviens bien… Un nom qui ressemblait à celui de la fille de Mitterrand : Mazarine, Martini, Maserati…

— Mazarin ! C'était un religieux, j'en suis sûr. Voyons… Mazarin, né en 1602 à Pescina en Italie, mort en 1661 à Vincennes. Il fut cardinal, diplomate et homme politique, au service du pape puis de Louis XIII et de Louis XIV dont il fut le principal ministre. Encore un autre personnage en tête ?

— Non, c'est fini. Il y avait encore d'autres bustes et des tableaux, mais je ne me souviens plus des autres noms.

— Il y a un truc évident qui relie tous ces personnages…

— Oui, c'est tous des vieux pleins de fric qui vivaient dans le luxe.

— OK, bien sûr, mais il y a autre chose. Tu as remarqué : ils sont tous de l'époque de Louis XIV.

— Juste ! T'as raison. Steph, on peut regarder « Louis XIV » sur Google ? J'aimerais en savoir un peu plus sur lui.

— Louis XIV ? C'est parti !

— Steph, arrête ! Regarde-là : ce tableau ! Je l'ai vu dans le château. Je suis formel…

— Celui-là, tu dis ? Je vais zoomer sur la page… « Portrait de Louis XIV par Hyacinthe Rigaud (1701) »… T'es bien sûr ?

— Certain ! Hyacinthe Rigaud… Je ne savais pas que les femmes peignaient à l'époque…

— On va voir qui c'était précisément. Ça alors, c'était un mec ! Drôle de prénom ! C'était un peintre spécialisé dans le portrait. L'un de ses tableaux les plus connus représente Louis XIV en costume de sacre. Écoute ça : « Rigaud est nécessaire à la gloire de Louis XIV et il participe à ce rayonnement d'un règne dont il a fixé la majesté… »

— Steph, comme mon grand-père me prend pour un menteur, je veux absolument retrouver ce château ! Ça te dirait de venir avec moi dans la forêt ?

— Bien sûr, ça peut être vachement cool comme expédition !

— Super ! Attends, Amina arrive ce soir ; demain, je viens te la présenter… On irait là-bas dans deux, trois jours ? Vendredi ?

— OK, de toute façon, comme c'est les vacances, je n'ai aucun planning. Et comme je me suis fait plaquer au mois de mai, personne ne m'attend. Va pour vendredi.

— Bon, maintenant je vais retourner et attendre ma chérie… J'ai les boules, mon vieux !

— T'inquiète : ça va bien se passer ! Quand ton papy la verra, il n'osera pas faire d'esclandre… Crois-moi !

— Je l'espère… À demain, Steph !

— À demain, Mike ! Bonne soirée !

— Ça ne manquera pas… Ciao !

Je rentrai au manoir. Mamy était rayonnante, heureuse de recevoir Amina. Elle me montra la jolie table fleurie qu'elle avait dressée dans la salle à manger pour la circonstance. Je sentis que ce soir, il n'y aurait pas de soupe à la salade au menu. Je l'embrassai et la serrai fort dans mes bras. Le papy, en revanche, était glacial envers moi et ne desserrait pas les dents. Je n'osai pas lui adresser le moindre mot de peur qu'il ne l'interprète mal et qu'il ne rende la soirée impossible à vivre. J'évitai aussi de croiser son regard.

Je passai un rapide coup de fil à Amina depuis mon portable. À Bergnicourt, elle allait quitter bientôt l'autoroute venant de Paris et serait à Saint-Denis une petite heure plus tard. Je résolus de l'attendre à l'extérieur pour rapidement lui expliquer ce qui s'était passé les jours précédents et comment était l'ambiance dans la maison.

Elle arriva dans sa petite Renault rouge. Je lui sautai au cou et elle en fit de même. On s'embrassa à n'en plus finir, comme si on ne s'était plus vu depuis des années. En quatrième vitesse, je lui racontai l'escapade dans la forêt, la découverte du mystérieux château et, bien entendu, l'humeur du papy… Elle sembla un peu inquiète, puis je la fis entrer et la présentai à mes grands-parents. Tout se passa très bien. Mon grand-père devint beaucoup plus chaleureux dès qu'il la vit. Nous prîmes même l'apéro dans une ambiance assez détendue. Le papy se voulut enjoué, parla beaucoup à Amina, donna du « ma petite Bretonne » à ma grand-mère à tout moment. Mais moi, il m'évita soigneusement. L'atmosphère était plutôt tendue entre nous deux.

Mamy avait mis les petits plats dans les grands pour recevoir dignement l'amie de son petit-fils chéri… Potage aux légumes… du jardin comme de bien entendu, feuilleté de crustacés en entrée, caille aux raisins et artichauts, far aux pruneaux. Un vrai menu breton, bien conforme aux origines de ma grand-mère… Le papy avait sorti ses meilleurs vins, dont un… Côte-Rôtie pour accompagner les volatiles. Il précisa qu'il s'agissait de la dernière bouteille et en fut comme étonné…

— Monsieur Chapiseau, je suis peut-être indiscrète. Ne me répondez pas si vous ne le souhaitez pas, mais pourquoi appelez-vous Madame « ma petite Bretonne » ?

— Parce que ma chère Madeleine est bretonne, tout simplement et aussi parce qu'elle cuisine toujours au beurre ! Jamais d'huile d'olive ici ; ce qui est une erreur d'ailleurs.

— En effet, Amina, je suis originaire des Côtes-d'Armor !

Histoire de dérider encore un peu l'ambiance, je lançai aussi un hameçon.

— Comment vous êtes-vous connus tous les deux ? Mamy venait de Bretagne et papy des Ardennes…

— Tu racontes, ma petite Bretonne…

— Nous nous sommes connus à la Sorbonne. Charles et moi avons exactement le même âge et, comble du comble, nous sommes nés le même jour : le vingt-quatre novembre, lui ici au manoir, moi à Paimpol.

— Vous étiez dans la même fac tous les deux alors ?

— Pas vraiment, Michaël. Papy étudiait l'histoire et moi le droit. Nous nous sommes connus lors d'une soirée au théâtre... de la Madeleine, sur la rive droite ! Ça ne s'invente pas ; c'est vrai ! Nous étions assis côte à côte lors du spectacle ; en discutant, nous nous sommes rendu compte que nous étions étudiants dans la même université.

— Tout juste, ma petite Bretonne. J'ai commencé à l'appeler ainsi parce que deux ans après notre rencontre, elle m'invita enfin chez ses parents au bord de la mer ! À l'époque, les choses se faisaient moins rapidement qu'aujourd'hui...

— Pourquoi n'êtes-vous pas restés à Paris après vos études ?

— Ah ça, mon grand, c'est toute une histoire ! Ton grand-père était déjà une tête de mule étant jeune. Il tenait absolument à continuer d'habiter le manoir, tout comme ses ancêtres. Il a donc fallu trouver une situation proche des Ardennes. La Providence nous a entendus : nous avons décroché, à deux années d'intervalle, des postes de chercheur et d'enseignant à l'université de Reims, et donc à deux pas de Saint-Denis. Vous voyez, mes enfants, il fallait que je sois folle amoureuse de papy pour accepter de quitter ma jolie Bretagne et même Paris pour le suivre ici au milieu des bois toute ma carrière durant.

— Ne me dis pas que tu regrettes ?

— Bien sûr que non, Charles.

— Avec toutes les forêts aux alentours, tu peux chaque jour croire que tu es à Brocéliande !

— Votre spécialité en droit, Madame, c'était laquelle ?

— Le droit public et constitutionnel.

— Et vous en histoire, Monsieur Chapiseau ?

— Les Temps Modernes, Amina. Le siècle des Lumières, les ors de Versailles, 1789... Cette période m'a toujours fasciné ! Ma thèse était consacrée au rôle des courtisans sous Louis XIV...

Le papy ayant rejoint son lit, Amina et moi félicitâmes ma grand-mère pour la qualité de son dîner. Nous lui donnâmes aussi un coup de main pour le rangement. Ce soir-là, Amina et moi allâmes nous coucher aussitôt après.

Journal d'Amina
Jeudi 8 juillet 2021

Il est presque 9 heures. J'ai passé une mauvaise nuit. Michaël et moi ne nous étions pas vus depuis plusieurs jours et le démon s'est bien rattrapé… En l'espace de quelques heures, j'ai subi ses assauts, je ne sais combien de fois ! Un enragé ! De plus, jusqu'à presque trois heures cette nuit, il n'a pas cessé de revenir sur cette histoire de château qu'il a découvert au milieu des bois. Il était surexcité et survolté comme je ne l'ai jamais vu. Une vraie pile électrique ! Il se dressait dans le lit pour raconter les détails, gesticulait sans arrêt, se levait, se recouchait, arrachait la couette, sans compter le reste… J'ai cru devoir lui faire prendre un calmant ou l'assommer.

Aussi ce matin, il y a une demi-heure, c'est moi qui l'ai réveillé en utilisant les mêmes armes que lui. Épuisé, il n'a rien pu faire ! Il vient de partir terriblement vexé sous la douche ; il est d'une humeur massacrante et bien sûr tout est de ma faute !

Hier soir au dîner, j'ai fait la connaissance de ses grands-parents. J'ai senti une tension entre son papy et lui. Ils s'évitaient du regard et Michaël lui répondait assez sèchement. Le contact avec sa grand-mère est très différent : on sent davantage de complicité entre eux. Je ne sais pas pourquoi ses grands-parents ne croient pas à son histoire dans la forêt. Michaël en semble très meurtri. Il m'a dit ne pas vouloir en rester là ; il est décidé à retrouver le château coûte que coûte et à en prendre des photos pour prouver qu'il a raison.

Je dois avouer ne pas me sentir très attirée par le papy ; je lui trouve le regard faux, voire fourbe. De premier abord, je dois reconnaître ne pas avoir vraiment confiance en cet homme. La grand-mère semble quant à elle une personne de fort bonne composition, même si elle a un côté assez « vieille France ».

Ce jour, Mike doit me présenter à son ami Stéphane. J'ai l'impression que ces deux-là s'entendent comme larrons en foire. Il tient à ce que « Steph » l'accompagne dans les bois afin d'avoir un témoin de sa découverte ! Et moi qui pensais venir ici pour me reposer, je me retrouve pratiquement plongée sans le vouloir dans une espèce de chasse au trésor.

Après le petit-déjeuner, j'emmenai mon petit amour chez Steph. Je fis les présentations et fus heureux de voir que le courant passait fort bien entre eux deux. Nous racontâmes à Amina quelques anecdotes et souvenirs d'enfance. Elle expliqua un peu sa jeune vie à Steph qui en fit de même ensuite.

Puis nous passâmes à un point crucial : retrouver le château dans la forêt... Quand j'abordai le sujet, Steph eut l'air assez embarrassé. J'eus peur qu'il ne se dégonfle au dernier moment, même si ce n'était pas son genre...

— Mike, je dois te faire un aveu... Je suis vachement embêté vis-à-vis de toi concernant notre expédition dans les bois...

— Tu ne vas pas me lâcher ?

— Ne t'inquiète pas pour ça : je t'accompagne demain, comme promis. Seulement... Enfin... J'ai peur de te décevoir, mais je t'assure que ce château n'existe pas !

— Mais si puisque je suis rentré dedans... Steph, tu ne vas pas t'y mettre, toi aussi ?

— Mike, ce qui me fait dire ça, c'est... c'est...

— C'est quoi ?

— Écoute, hier soir, je suis allé sur internet et surtout sur Google Earth. Tu connais ?

— Bien sûr ! C'est le programme de photographie du monde par satellite ?

— Exact !

— Et alors ?

— Alors, j'ai bien visualisé toutes les images prises de la forêt près de Saint-Denis... Il n'y a aucun château dans les bois !

— C'est pas possible ! Je ne suis quand même pas cinglé. Tu fais voir ?

— OK !

Steph alluma son ordinateur et me fit accéder immédiatement au lien web de Google Earth concernant la forêt près du village. Peut-être avait-il eu la veille un moment d'inattention, peut-être n'avait-il pas vu toutes les parcelles photographiées… Il commença par une vue globale des bois puis se fit plus précis en zoomant, zone par zone. Je dus me rendre à l'évidence : pas de trace du château ! Celui de Grandpré se voyait parfaitement, mais le mien, lui, était invisible ! Il ne s'était quand même pas volatilisé !

— C'est pas vrai ! C'est pas possible !

— T'as bien vu, Mike, tout ce qu'on aperçoit ce sont des sapins et des arbres. On observe bien quelques chemins, quelques sentiers. On distingue les sapins des chênes ou des hêtres… Il y a bien des rangées d'arbres plus sombres que d'autres, mais c'est tout… Il n'y a pas de grand bâtiment au milieu de la verdure… Pas un seul ! On voit bien l'une ou l'autre cabane de bûcherons ou de chasseurs, mais c'est absolument tout. Et Google Earth, c'est du vrai de vrai ! Ça ne peut pas tricher !

— OK ! Je suis bon à enfermer ! J'ai des hallucinations, je vois des mirages comme les Dupond et Dupont dans les albums de Tintin ! Je vais avoir l'air malin devant le papy…

— …

— Mais qu'est-ce qui m'est arrivé alors ?

— Mike, en allant dans la forêt, tu pourrais te souvenir du chemin que tu as pris ?

— Sûrement ! D'autant plus que si les repères que j'ai placés y sont encore, ça devrait être facile. On y va quand même, Steph, hein dis, on y va ?

— Oui, Mike, bien sûr. On part demain comme convenu.

— Tu me prends pour un menteur, je parie ?

— T'es mon super copain et je sais que tu ne me mens pas. Seulement, ton castel n'est pas photographié par le satellite, c'est tout !

Me voyant déçu, dépité, Amina me prit doucement la main. Elle tentait de me consoler, d'effacer ma désillusion.

— Vous serez prudents tous les deux demain dans la forêt, hein !

— Oui, Amina, pas d'inquiétude ; il n'y a rien à craindre… Steph, on se mettrait en route à quel moment demain ? Huit heures ?

— OK ! Comme ça on profitera de la fraîcheur du matin. Il y a combien d'heures de marche pour arriver au château ?

— Je ne sais plus trop. Je dirais trois, sûrement !

— Ça ferait plus ou moins entre dix et douze kilomètres ?

— Je crois oui, plus le retour évidemment. Tu le sens bien ?

— Oui. J'ai plus l'habitude du foot que de la marche, mais ne t'inquiète pas, ça ira. On aura toute la journée devant nous et le soleil se couche tard… Bon, on se boit un Coca ?

Nous sortîmes dans le jardin de Steph pour nous désaltérer. Amina et lui bavardaient beaucoup, parlaient de tout et de rien… Moi, j'étais perdu dans mes pensées… Surtout, j'avais peur du ridicule ; je commençais à douter. Étais-je atteint de démence ? Avais-je été victime d'illusions ? Je ne savais plus quoi penser… Puis un détail aperçu furtivement un peu plus tôt sur l'écran me revint à l'esprit…

— Steph, tu pourrais te reconnecter sur Google Earth ?

— Oui. Pourquoi ?

— Rien… Un bête machin à vérifier…

Steph remit son ordinateur en route. Je lui demandai de ne pas zoomer, mais d'aller au contraire du détail vers le général… La vue sur la forêt se globalisait de plus en plus lorsqu'apparut… ou plutôt lorsque je devinai quelque chose…

— Stop ! Amina, Steph… Regardez ! Rien ne vous frappe ?

Tous deux observèrent l'écran, mais rien ne les étonna franchement. Je ne voulais pas me donner de faux espoirs et je leur posai des questions pour voir si finalement ils allaient remarquer la même chose que celle que j'avais repérée…

— Il y a des sentiers, des plantations de différentes couleurs…

— Exact ! Et regardez bien les arbres plus foncés… Vous ne voyez rien ? Il faut peut-être avoir une très bonne vue, mais moi un truc me frappe ! Toujours rien ?

— Non, non…

Je leur demandai alors de fixer le quart supérieur gauche de l'écran. Amina sembla remarquer quelque chose…

— En effet, là il y a une longue ligne droite et un demi-cercle d'arbres de la même couleur qui la traverse.

— C'est ça ! Tu vois aussi Steph ?

— Oui, en effet, mais il faut avoir de bons yeux…

— Maintenant, tu peux à nouveau zoomer sur cette zone ?

L'image se précisa davantage… Steph finit par remarquer une forme précise…

— On dirait une fourche !

— En effet, Steph, une fourche ou bien un… un… un quoi ?

— Un trident !

— Exact !

— Le trident de Neptune !

— Bien Amina… Souvenez-vous du texte gravé sur la cheminée du château. Je vous en ai parlé. Je ne me souviens plus de toute l'inscription, mais je me souviens de ces quelques mots : « le trident de Neptune »… Avouez que c'est curieux ! Ces bois de couleur plus foncée forment un vrai trident.

Tous les trois, nous nous regardâmes et je sentis que l'espoir revenait… Steph, lui aussi, tout excité par cette découverte, se mit alors à visionner encore toute la zone de la forêt. Il semblait, vu de très loin, qu'un genre de cercle en entourait le centre, mais sans certitude aucune. En zoomant à nouveau, on put en effet apercevoir à intervalles irréguliers des plantations arquées de conifères, certainement. Puis à d'autres endroits des plantations plus sombres, mais aux formes assez imprécises. Bref, rien qui déclencha en ma mémoire un autre souvenir net de l'inscription figurant sur la cheminée du château.

— Steph, on peut noter l'orientation du trident ?

— Oui, nord, nord-est.

— Et moi qui ai paumé ma boussole ! Elle aurait été vachement utile demain… Amina… Euh…

— Oui Mike, j'ai compris ; tu veux une nouvelle boussole pour faire joujou, c'est ça ?

— Oui, mais ne te moque pas de moi ! Je sens que je tiens un fameux indice. Steph, il y a un magasin de sport dans le coin ?

— À Charleville. Ailleurs, j'en doute !

— Amina…

— Oui, on va prendre ma bagnole et monter sur Charleville !

— Tu es un amour ! Je t'aime !

— Moi aussi, je t'aime !

Steph rigola en catimini, puis Amina me fit descendre de mon nuage…

— On ira à Charleville bientôt, mais je pense qu'avant ça la corvée soupe nous attend au manoir…

— Oui, douze heures dix déjà !

Amina avait vu juste. Il y avait du potage au repas… Bientôt, il y en aurait matin, midi et soir ! Heureusement, cette fois, ce fut une soupe à la tomate : elle passait assez bien ! Puis mamy avait préparé des truites aux amandes, mon grand régal ! Après le repas, nous retournâmes bien sûr chez Steph afin de nous embarquer pour Charleville. Steph nous dit connaître un magasin de sport en banlieue de la ville, dans une zone artisanale. Nous prîmes donc la direction du nord.

— Pendant votre soupe, je n'ai pas perdu mon temps. J'ai repassé toute la forêt sur Google Earth. Et avec un programme informatique qui repère les différences de couleurs, j'ai réussi à vous dresser un schéma. Et je trouve que de curieux motifs apparaissent…

— Super, Steph. T'es un as, mon vieux ! On peut jeter un coup d'œil ?

Schéma du centre de la forêt de Saint-Denis obtenu par Stéphane à partir de Google Earth

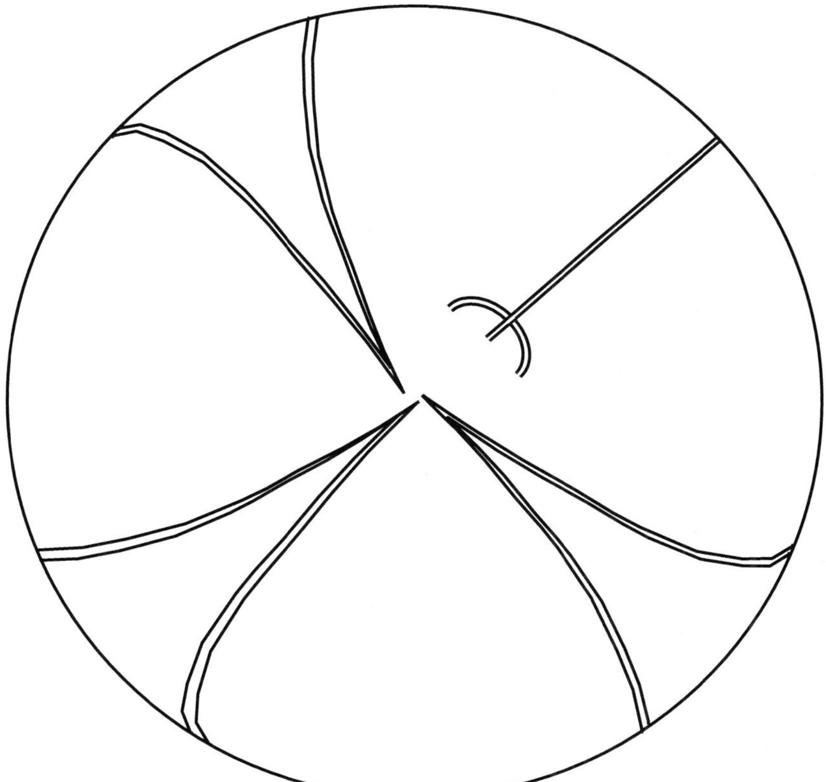

Dessin d'Isabelle Bouvy

On voit distinctement le trident : c'est extra net. Puis il y a un cercle presque parfait et des genres de lettres « V ».

— C'est ça, et aussi de minuscules sentiers ! Ça te rappelle encore quelque chose, Mike ?

— Attends voir ! Le problème, c'est que je ne me souviens plus de l'inscription en entier. Il y était question du trident de Neptune, d'un astre, d'ailes déployées, d'un roi, mais orthographié à l'ancienne avec un « y » à la fin et je me souviens aussi du mot « tombeau ». Le reste, je ne sais plus trop…

— Des ailes déployées, tu dis ? Ce ne seraient pas les « V » ? On dirait des oiseaux, non ?

— En effet, c'est bien possible ! Il y en a trois sur ton schéma.

— Le nombre n'était pas précisé sur la cheminée ?

— Impossible de me souvenir ! J'ai lu ça tellement vite !

— Et le cercle ? Ça pourrait être un astre, non ?

— Oui, la lune ou le soleil… Ou encore une autre planète… Plusieurs trucs peuvent en effet correspondre. Évidemment, le plus net, c'est le trident ! Le reste, on peut seulement supposer que ça se rapporte à l'inscription.

Du volant, Amina n'avait pas vu la feuille de papier sur laquelle figurait le dessin imprimé par Steph, mais elle s'était interrogée.

— Si tout se rapporte bien au texte de la cheminée, ça veut clairement dire qu'il y a un lien physique entre l'énigme et la nature. Des arbres ou des sapins ont été plantés conformément à l'inscription…

— Oui, Amina, c'est juste. J'ai vérifié sur l'ordi : les lignes sombres sont bien des sapins.

— Steph, tu as une idée de la surface que ces formes représentent ?

— Non, mais quand on sera rentrés on peut les calculer.

— En tous cas, une chose est sûre : ces plantations ne sont pas le fait du hasard... Ces sapins ont été plantés selon des lignes et des courbes bien précises...

— Et régulières ! Les « V » ont l'air d'être disposés à égales distances les uns des autres !

— Que tout ça est mystérieux ! Steph, je sens que demain on ne va pas perdre notre temps, nous deux. Amina, tu es certaine que tu ne veux pas venir avec nous ?

— Non. Je n'ai vraiment pas l'entraînement, puis j'ai promis à ta grand-mère de faire la causette avec elle...

— La tête du papy si on découvre quelque chose...

— Oui, Mike, mais attention : n'oublie pas qu'il n'y a aucun château sur les photos !

— C'est ça qui m'embête... Bizarre, bizarre...

Arrivés aux alentours de Charleville-Mézières, nous nous rendîmes au magasin de sport. Il y avait en effet des boussoles. J'en achetai une. Steph proposa ensuite d'aller boire un pot sur la place Ducale. Mais j'étais tellement excité que je voulus rentrer aussitôt pour repérer les distances entre les rangées des sapins du schéma.

Avec son programme informatique, Steph put mesurer que le diamètre du cercle était de 2200 mètres. Les « V » ou les oiseaux mesuraient 1115 mètres aux ailes gauches et 1100 aux droites. Les ailes de chaque « V », larges au début, se rétrécissaient progressivement en allant vers leurs points de rencontre. Les « V » étaient équidistants de 505 mètres les uns des autres. Une régularité surprenante_qui confortait l'idée d'une plantation très bien étudiée et qui ajoutait au mystère... Le trait droit du trident était de 1180 mètres et le demi-cercle qui le complétait de 598 mètres. La journée du lendemain s'annonçait palpitante...

Il fallut alors nous séparer de Steph pour rentrer dîner chez les grands-parents où nous attendaient bien évidemment une soupe à la salade et une quiche lorraine. Mamy nous demanda ce que nous avions prévu de faire le lendemain…

— Steph et moi, on va faire une grande randonnée dans la forêt !

Je vis le visage de mon grand-père s'allonger de mécontentement. Il ne put s'empêcher de me questionner.

— Combien de kilomètres ?

— Je ne sais pas exactement : le nombre qu'il faudra pour retrouver le fameux château !

— Encore ! Décidément, c'est une idée fixe ! Ne me dis pas que tu vas faire tout ce trajet pour ne voir que des arbres et des sapins !

— Non, pour photographier le château et te montrer les photos puisque tu ne me crois pas !

— J'ai rarement vu un idiot de ton genre !

— Charles, ne l'insulte pas : Michaël est notre petit-fils ! Ne recommence pas, je t'en conjure…

— Et ton Stéphane aura pris des munitions, je suppose… Combien de bouteilles de bière ? À moins que tu ne lui aies fourni du vin…

— Tu râles parce que tu sais que j'ai raison ! Je me demande pourquoi tu fais semblant de ne pas savoir !

— Il n'y a pas de mystère puisque ce château n'est pas réel !

— Si !

— Non ! Je te prierai demain de faire tes bagages et de rentrer chez tes parents. En voilà assez…

— Arrête de hurler. T'aurais dû le dire plus tôt et je ne serais pas venu !

— En effet, ça aurait évité de nous faire insulter !

— Qu'est-ce que j'en ai marre ! T'as raison après tout. Demain, on va se barrer. Déjà maintenant, on fiche le camp ! Tu viens Amina, on monte dans la chambre ?

Je n'aurais pas dû poser cette question. Amina était prise au milieu de tirs croisés et elle se sentait mal à l'aise. Elle trouva heureusement la parade.

— Mike, je reste encore un instant, je prends le café et je te rejoindrai…

— OK ! À plus… Bonsoir tout le monde !

— Bonsoir cher ami. Tu n'as pas répondu à ma question : ton Stéphane a pris des réserves pour demain ?

— Non ! Mais je vais lui dire d'en prendre !

— Des réserves d'alcool… ou d'autre chose ?

— Qu'est-ce que tu veux dire ?

— Tu ne devines pas…

— Non et d'ailleurs je m'en fous !

— Parfait… Bon, vous voudrez bien m'excuser, mais, même s'il est déjà tard, je dois absolument retourner à la mairie. J'ai une grosse réunion dans les jours à venir et je dois encore consulter plusieurs dossiers. Bonne soirée et bonne nuit à tous !

Une demi-heure plus tard, Amina me rejoignit. Je regrettais de lui avoir imposé la scène en fin de dîner, mais mon grand-père devait me piquer dès que j'abordais le sujet du château mystérieux. C'était plus fort que lui.

— Mike, je dois te dire que j'étais très mal à l'aise ce soir. Tu aurais pu te contenir et ne pas être arrogant comme tu l'as fait ! J'espère que ça ne va pas se reproduire demain…

— Quoi ! Mon grand-père se moque de moi depuis des jours et tu voudrais que je reste calme !

— Pense à moi aussi ! Ce n'est pas agréable, tu sais ! Je connais à peine tes grands-parents et tu m'imposes ce cirque devant eux ! Je ne suis pas responsable de vos bagarres…

— C'est pas moi ; c'est le papy le responsable ! C'est lui qui m'agresse depuis que je suis arrivé.

— Il n'y en a pas un pour relever l'autre. Je me serais mise dans un trou de souris si j'avais pu. Et ta grand-mère aussi, je l'ai bien vue !

— OK ! Ça va, c'est bon… J'ai mal réagi. Tu me pardonnes ?

— Oui, je te pardonne, bien sûr.

Je pris alors Amina dans mes bras et la regardai dans les yeux.

— Et tu me pardonnes comment ma petite chérie ?

— En te le disant…

— Mais encore… Hein, dis…

— Ah non ! J'ai eu ma dose la nuit dernière. Ça suffit maintenant ! J'ai besoin de me reposer.

— C'est pas croyable ! Tout le monde est ligué contre moi ! Sauf Steph ! J'en ai marre ! J'ai envie de pleurer… Je suis malheureux comme une pierre… Je veux mourir ! Je sens que je vais péter les plombs !

— Oh, ça suffit ! Arrête ton cinéma, de Funès, et surtout calme-toi !

— OK. J'ai compris. Je ne peux rien te demander… Tu ne me ferais jamais un tout petit plaisir ! Je me tape au lit avec les BD de Michel Vaillant puisque c'est comme ça !

C'était sans compter sur le fait qu'Amina m'aimait à la folie ! Dix minutes plus tard, prise de remords, elle envoya Vaillant au dodo et je la laissai me pardonner…

Le lendemain à huit heures, après une nouvelle courte nuit, je me mis en chemin avec Steph. Le Graal était devant nous ; d'ici quelques heures, nous devrions retrouver ce fameux château dans la forêt.

Munis d'un sac à dos contenant la nouvelle boussole, la carte de la région, de l'eau, des sandwiches et surtout mon portable équipé d'un appareil photo, nous débutâmes notre randonnée. Me souvenant avec une assez grande précision du trajet emprunté le lundi précédent, je retrouvai bien vite mes repères formés des monticules de pierres, des carottes de sapins et des branches dressées. Le parcours dura approximativement entre deux et trois heures lorsque nous nous aventurâmes sur le sentier que je reconnus, allant en se rétrécissant continuellement. Sur le chemin, nous avions en effet pu repérer les arbres de différentes couleurs, sans bien sûr pouvoir les appréhender globalement. Nous n'étions hélas pas des satellites, mais de simples marcheurs ! Impossible donc de reconnaître un quelconque astre ou une aile d'oiseau.

Finalement, entre les branchages, je redécouvris ce que j'avais vu quelques jours plus tôt… La même lumière verdâtre, les flammes vacillantes se reflétant dans les vitres. Tout était bien là, à l'identique…

— Et voilà, Steph… regarde devant toi !

— Incroyable…

— Et mon papy qui me traitait de menteur…

— C'est fabuleux ! Magnifique. Dire que je vis tout près depuis presque vingt ans et c'est grâce à toi que je découvre ça seulement aujourd'hui… Et ce bâtiment qui n'apparaît pas sur Google Earth… ni sur la carte du coin ! C'est à peine croyable !

— On entre ?

— On ne frapperait pas d'abord ?

Nous n'eûmes même pas à nous annoncer : la porte d'entrée du château était cette fois ouverte, comme si nous y étions attendus. Arrivés dans le hall d'entrée, je déposai le sac auprès d'un des guéridons. Je répétai ensuite mes appels du lundi. À nouveau, personne ne répondit ! Le même silence régnait…

Je montrai à Steph la série des bustes en marbre. Je l'emmenai alors dans la grande pièce où le feu brûlait à nouveau dans l'âtre, où se trouvait le tableau représentant Louis XIV ainsi que la cheminée sur laquelle était gravée l'inscription énigmatique. Il put la découvrir à son tour…

II

— Le Roy !

Effrayés par cette voix forte et inattendue, Steph et moi nous nous retournâmes brusquement et nous vîmes devant nous en chair et en os… Louis XIV ! Le même que sur le tableau de Hyacinthe Rigaud, dans le moindre détail : la perruque, le bâton, le manteau d'hermine aux lys dorés… Une vue fantasmagorique ! Son arrivée avait été annoncée sur un ton élevé par un laquais en livrée se tenant un peu en retrait du monarque.

— Nous vous voyons surpris. Pour quelle raison ? N'est-il pas naturel que Sa Majesté le Roy vienne à la rencontre des visiteurs de Son modeste château sylvestre ?

Steph et moi nous nous regardâmes, effarés, incrédules.

— Oui, Nous comprenons bien sûr votre surprise. Vous ne vous attendiez pas à voir un souverain décédé en 1715 apparaître ainsi devant vos personnes. Soyez rassurés, chers amis : Nous sommes bien de chair et d'os et Nous nous appelons Louis-Dieudonné le quatorzième, Roy de France. Nous vous souhaitons aussi la plus cordiale bienvenue en cette demeure, siège de l'Ordre de Saint-Denis.

Steph, remis de sa surprise, s'adressa alors au… Roi.

— C'est quoi ce carnaval ? Qui êtes-vous ? De quel Ordre parlez-vous ?

— Monsieur, il n'est point ici de festivités carnavalesques. La place manque en Notre demeure pour Nous adonner à ce genre de frivolités et de fantaisies pour lesquelles Notre domaine de Versailles est davantage approprié. Nous vous l'avons dit, Nous sommes Louis-

Dieudonné, dit le Roy-Soleil. Nous sommes à la tête de l'Ordre de Saint-Denis.

— Ça veut dire quoi ce charabia et pourquoi dites-vous « Nous » en parlant de vous ?

— Il ne s'agit point de charabia, jeune homme. Les souverains de France ont toujours employé le « Nous » de majesté pour parler d'eux à la première personne... Nous ne dérogeons point à la règle en Nous exprimant de la sorte ! Et Nous formulons le vœu que vous ne répliquerez plus à l'avenir de manière aussi irrévérencieuse que lors de votre dernière intervention.

Énervé, je m'adressai à mon tour au polichinelle endimanché.

— Écoutez, mon copain Steph et moi, on s'est promené dans les bois. On a découvert le château et on est entré. Qui êtes-vous exactement et que signifie cette mascarade ?

— Jeune ami, Nous nous garderons d'émettre une remarque quelconque en relation avec vos propos si peu aimables et très inconvenants. Sachez toutefois que si Nos renseignements sont bons, Nous avons tous lieu de croire qu'il ne s'agit pas de votre première visite en ces augustes lieux !

— Comment savez-vous ça ?

— Notre Ordre est au courant de bien des choses. Nous n'avons pas d'autre réponse à vous fournir... Le Roy n'a point à se justifier devant Ses sujets. Sa Majesté n'a pas non plus à supporter ces questionnements aussi répétitifs qu'intempestifs et déplacés.

Louis XIV éclata alors de rire puis se fit un rien sérieux.

— Chers amis ! Nous rions de vos mines surprises et quelque peu médusées ! Trêve de plaisanterie : Nous vous invitons à vous asseoir et à causer un peu. Votre visite Nous ravit réellement ! Nous Nous en réjouissons et vous aussi certainement !

Steph et moi, nous prîmes alors place dans des fauteuils plutôt usés et très mal rembourrés. Nous ne tarderions pas à avoir mal aux fesses.

En moi-même, je n'en revenais pas de la manière ampoulée, châtiée et précieuse dont ce Louis XIV ressuscité nous parlait. C'était à mes oreilles comme si on me faisait à voix haute la lecture d'un livre ancien… Le souverain déguisé reprit alors la parole, un grand sourire aux lèvres.

— Chers visiteurs, comme indiqué, Nous assurons la direction actuelle de l'Ordre de Saint-Denis. Comme Nous subodorons votre désir d'en savoir davantage, Nous vous devons quelques explications, mais avant cela, comme Nous supposons que la marche a dû vous donner soif, Nous allons vous commander un rafraîchissement…

Louis XIV agita alors une clochette posée à ses côtés. Quelques instants plus tard réapparut le laquais habillé des vêtements rouges que j'avais repérés dans les chambres quelques jours plus tôt. Il était coiffé d'une perruque de cheveux blancs. On aurait dit le portrait de Mozart figurant sur les boîtes de « Mozartkugeln », ces gourmandises salzbourgeoises vendues dans le monde entier !

— Monsieur, veuillez avoir l'obligeance de servir à Nos jeunes et si aimables hôtes un grand verre d'eau fraîche, à moins que vous ne préfériez du vin blanc de Loire, Messieurs ?

— Non, non, de l'eau, ça ira très bien, hein Steph ? Vous n'avez sûrement pas de Coca ?

— Nous vous demandons pardon ?

— Non, rien…

Le serviteur amena ensuite sur un plateau d'argent trois grands verres d'eau fraîche ainsi qu'une carafe en cristal remplie à ras bords. Louis XIV reprit…

— L'Ordre de Saint-Denis fut fondé en l'an 1790. Par qui et pour quelles raisons ? Vous n'ignorez pas que la Révolution de 1789 entraîna petit à petit la disparition de l'institution monarchique implantée en France depuis plusieurs siècles. Nos successeurs, la cour, la noblesse, le clergé se rendirent rapidement compte que les révolutionnaires ne se contenteraient pas d'abattre le symbole qu'est la personne royale. En effet, ils pillèrent les châteaux, les palais, les abbayes… Ils anéantirent et réduisirent en poussière quantité d'œuvres d'art qui avaient déjà à l'époque fait la renommée du royaume… Ils minèrent l'autorité royale et saccagèrent le prestige de la France !

Je vis Steph bouillir dans son fauteuil face au discours dédaigneux de Louis XIV !

— Vous perdez de vue que le peuple crevait de faim sous la domination de la noblesse…

— Qu'est-ce que sauter un ou même deux repas par jour en comparaison de la destruction d'un patrimoine national ! La faim n'est rien au regard de l'histoire : elle est quantité négligeable, voyons ! Et de plus, s'en prendre à une personne placée sur le trône de France par la grâce et la volonté de Notre Seigneur Jésus-Christ constitue un acte infiniment plus grave que de se priver momentanément d'un peu de nourriture.

— Quand on vivait dans le luxe à Versailles, sûrement oui…

— Laissez-Nous poursuivre, voulez-vous ! Vos considérations sont trop triviales, trop terre-à-terre, jeune homme… Apprenez à élever vos pensées. Quittez les préoccupations matérielles pour appréhender celles de l'esprit. Faites abnégation et nourrissez-vous d'art, de musique, de littérature, de philosophie, de théâtre, d'histoire !

— Facile à dire !

— En 1790 donc, des proches et des partisans de la monarchie se rendirent rapidement compte que les révolutionnaires pourraient fort bien s'attaquer aux personnes royales, tant vivantes que décédées. Il est bien entendu inutile de se remémorer ce qu'il advint de Notre successeur Louis XVI et de la malheureuse Reine Marie-Antoinette ! Il est tout aussi vain de vous rappeler quel abominable calvaire dut endurer le pauvre Dauphin, futur Louis XVII qui ne monta jamais sur le trône, enfermé qu'il fut à la tour du Temple où on le laissa mourir à petit feu ! Mais ces partisans de la royauté auxquels Nous faisions allusion à l'instant se dirent aussi que les Sans-culottes, puisque c'est ainsi que les révolutionnaires furent surnommés, étaient capables de s'en prendre aux sépultures royales situées dans la basilique de Saint-Denis. Nous supposons que vos connaissances en géographie vous font situer cette ville de la région parisienne sur une carte du pays…

Louis XIV se désaltéra alors en buvant un peu d'eau. Steph et moi nous échangions des regards interrogateurs. Où étions-nous tombés ? Chez des fous ou des nostalgiques, ou bien les deux à la fois ou encore chez une troupe de saltimbanques ?

— Toujours en 1790, Dom Germain Poirier, ancien bénédictin de la Congrégation de Saint-Maur et ancien archiviste à l'abbaye de Saint-Germain-des-Prés, prit secrètement contact avec le noyau de monarchistes dont Nous vous avons parlé. Il leur suggéra de construire, dans le plus grand secret et dans un lieu très isolé, un édifice susceptible d'abriter, loin de tous les regards, les plus forts symboles de la monarchie et d'œuvrer progressivement à la restauration de celle-ci… Lui qu'on disait acquis aux idées révolutionnaires ! L'histoire se laisse écrire. Tournez-vous, chers amis, regardez sur le mur derrière vous, voilà un portrait de Dom Germain Poirier.

En effet, un grand tableau occupait une large partie du mur.

— C'est ainsi que la même année débuta la construction du château dans lequel vous vous trouvez en ce moment. L'endroit était idéal puisque la forêt autour de l'édifice était déjà l'une des plus vastes de France à l'époque. Les frontières du nord avaient été consolidées depuis longtemps, la menace espagnole avait totalement disparu et à quelques lieues d'ici, les royalistes pouvaient bénéficier du soutien des Habsbourg d'Autriche. De plus, il y avait à proximité un village dénommé lui aussi Saint-Denis ! Une coïncidence, bien sûr, mais un beau symbole… Vous comprendrez pourquoi bientôt… La demeure fut achevée au printemps de l'an de grâce 1793.

Louis XIV prenait son temps pour nous raconter tous ces détails. Il semblait radieux, amusé, heureux de narrer tous ces événements… Je ne pus m'empêcher de repenser à mon menteur de grand-père…

— Dom Poirier avait eu mille fois raison. Il avait été un visionnaire, tout comme Nous, d'ailleurs… En 1793, la pitoyable Convention nationale se mit en tête de profaner les tombeaux des Rois de France dans Notre nécropole de Saint-Denis. Elle mit ses menaces à exécution d'une manière qu'elle considérait comme légale ! La Convention adopta en effet un décret organisant l'ouverture des tombes royales. Elle désigna Poirier, commissaire chargé d'assister aux exhumations. Le malheureux se trouvait pour ainsi dire mal pris dans cette position. Toutefois, c'est grâce à sa ruse que se produisit cet événement merveilleux que Nous allons à présent vous raconter…

L'acteur continuait de se délecter. Je vis à sa tête que Steph commençait à en avoir marre de cet interminable cours d'histoire ! Et moi aussi, mais c'était comme si une force irrésistible nous retenait dans nos fauteuils. Où ce Louis XIV de pacotille voulait-il en venir ?

— L'ouverture, que disons-Nous, la profanation des tombes, devait débuter très exactement le dix août de cette année-là. Poirier tenta de gagner du temps comme il put. Une nuit du mois de juillet précédant les abominations, avec le groupuscule monarchiste, il fonda l'Ordre de Saint-Denis, empruntant son nom à la fameuse basilique, bien entendu. Il fut nommé chef de l'Ordre par tous les membres et occupa cette fonction jusqu'à sa mort. Ensemble, ils menèrent une première action défensive, la seule hélas qu'ils parvinrent à conduire à terme. Ils ouvrirent… Notre tombeau, prirent Notre dépouille et l'abritèrent en lieu sûr…

— Comment était-ce possible puisque vous… enfin puisque le Roi était mort depuis très longtemps ?

— Tout simplement parce que les rois étaient embaumés de manière à ce que leurs corps soient conservés intacts. On pratique cela depuis l'Égypte ancienne et aujourd'hui encore : Jean XXIII à Saint-

Pierre de Rome, Sainte-Bernadette à Nevers, Saint Jean-Marie Vianney à Ars…

— Vous êtes vachement bien renseigné sur la période actuelle pour un mort…

— Le Roy-Soleil brille pour l'éternité, cher ami. Son rayonnement ne peut connaître ni limites ni terme. Où en étions-Nous ? Ah, oui ! L'embaumement ! Notre successeur Louis le quinzième n'eut hélas pas cette chance, car il était variolique et sa dépouille mortelle ne put être conservée intacte ! Le corps du Roy-Soleil fut donc caché quelque part dans Paris dans l'attente de Son… Mais n'allons pas si vite en besogne, voulez-vous ! Sachant que le tombeau serait rouvert un peu plus tard par les révolutionnaires, l'Ordre de Saint-Denis déposa dans le sarcophage un autre cadavre : celui d'un quidam décédé un peu plus tôt que l'on embauma selon les mêmes techniques en usage à l'époque…

— C'est impossible, voyons ! En ouvrant la tombe, les révolutionnaires auraient remarqué que ce n'était pas le Roi.

— Exact, jeune homme. Nous vous félicitons pour votre perspicacité, votre sens de la logique et de la déduction. C'est en effet pourquoi les membres de l'Ordre prirent deux précautions. Ils habillèrent le nouveau cadavre des mêmes vêtements, répliques exactes de ceux portés par le défunt souverain. Et surtout… stratagème absolu : ils enduisirent tout le corps d'un cirage de couleur noire pour rendre la dépouille de l'inconnu la moins reconnaissable possible. Et cela fonctionna… En effet, Dom Poirier, qui demeura jour et nuit de manière ininterrompue dans la basilique du douze au vingt-cinq octobre, assista à Notre exhumation le quatorze très exactement. Il publiera un rapport complet trois années plus tard, document dans lequel il écrira que Notre corps fut retrouvé « noir comme de l'encre… » Astucieux, n'est-ce pas ? Malheureusement, les autres Rois de France n'eurent pas la même chance…

— Pourquoi ? Dom Poirier n'a sauvé qu'un seul corps ?

— Oui, hélas. Mais lequel ? Celui du Roy-Soleil : le plus grand monarque de toute l'histoire de France depuis Philippe-Auguste et qui n'eut jamais son égal par la suite ! Les dépouilles des rois les mieux conservées furent purement et simplement exposées à la vindicte populaire, mises à la gracieuse disposition de la basse et sauvage populace de Paris…

Louis XIV se leva alors, l'air fâché, gesticulant et criant en racontant la suite de l'histoire. Des yeux de fou lui dévoraient le haut du visage.

— Les restes de Notre grand-père Henri IV, en très bon état de conservation, furent exposés debout plusieurs jours durant, devant la basilique. D'autres dépouilles furent mutilées. Des passants firent même commerce de leurs dents, de leurs os, de leurs cheveux… Honte à ces monstres ! Les profanations achevées, les restes des corps royaux furent jetés dans une fosse commune du cimetière de la basilique, comme de vulgaires chiens galeux ! Et alors chers amis, que dites-vous de tout cela ? Ne sentez-vous pas la révulsion la plus profonde s'installer au fond de vos esprits, le venin monter jusqu'à vos cœurs et faire battre vos tempes ?

Steph et moi nous échangeâmes des regards perplexes. Jamais le matin en nous levant nous ne nous étions attendus à nous trouver sur l'heure de midi devant un pseudo Louis XIV, nous narrant une histoire à dormir debout qui, si elle était véridique, était totalement inconnue… Steph se redressa dans son fauteuil…

— Et qu'est devenu le vrai corps de Louis XIV, Monsieur ?

— « Monsieur », dites-vous ? C'était-là le titre réservé à Notre frère Philippe d'Orléans. Appelez-Nous « Sire », voyons…

— Arrêtez ici la rigolade !

— Taisez-vous, petit mécréant. Nous allons vous répondre… à condition que vous mettiez fin à votre attitude inconvenante. Écouter bien. La véritable dépouille mortelle du grand Louis XIV est aujourd'hui à… Saint-Denis !

— Elle a donc réintégré la tombe d'origine…

— Nullement !

— Un autre tombeau dans la basilique alors ?

— Avons-Nous dit que le corps se trouvait dans ce lieu saint ?

— Non, mais à Saint-Denis.

— Absolument, à Saint-Denis…

— …

— Au milieu de la forêt de Saint-Denis…

Steph et moi étions stupéfaits ! Était-il possible que la dépouille de Louis XIV se trouve dans ce petit château perdu dans une forêt des Ardennes ?

— Vous ne voulez pas dire que les restes de Louis XIV sont ici ?

— Nous l'avons dit !

— Vous racontez des mensonges !

— Jeune homme, vous êtes en présence du Roy ! Un peu de respect, s'il vous plaît ! L'outrecuidance de vos propos Nous est pénible. Nous ne mentons point et Nous allons vous le prouver dans quelques instants… Mais Nos explications ne sont pas terminées. Voici la suite…

L'acteur se rassit, se cala confortablement dans son fauteuil, retrouva le sourire et continua son discours.

— L'Ordre de Saint-Denis existe toujours. C'est Nous qui le dirigeons à présent depuis le 1er avril dernier.

— Ah ouais, le jour des poissons, Steph !

Nous éclatâmes de rire, sauf… le Roi.

— Assez ri, Messieurs ! Nous assumons ce rôle pour six mois, après quoi un autre initié de l'Ordre Nous remplacera en ces lieux pour la même durée, pendant que Nous vaquerons de nouveau à Nos activités normales.

— C'est-à-dire ?

— C'est-à-dire que Nous reprendrons Notre place, Nos activités professionnelles et de loisirs dans la triste société actuelle. Nous sommes nombreux dans l'Ordre et nous pouvons ainsi nous relayer de six mois en six mois pour en diriger les membres. Durant cette période, le chef prend le rôle de Louis XIV, vit ici dans cette forêt comme à l'époque du grand siècle. On l'appelle « Sire » et « Majesté ». Il dispose d'un prieur et de cinq valets pour Le seconder : secrétariat, intendance, cuisine, lingerie, etc. Nos autres membres à travers la France – et le monde, Nous pouvons le dire – reçoivent Nos instructions par un système de bouche à oreille. L'écrit n'est jamais de rigueur afin de préserver le caractère secret de Notre Ordre.

— Pourquoi ? Quel secret ?

— Voyons, c'est évident : la dépouille de Louis XIV !

— Pourquoi la cacher ? Depuis le temps qu'il est mort, il n'y a plus de raisons !

— Détrompez-vous, chers amis. Votre innocence nous afflige ! Mais vous êtes tous deux pardonnés ; il est vrai que Nous ne vous avons pas encore entretenus des buts précis poursuivis par l'Ordre…

— C'est quoi ?

Le fou se remit debout, les yeux à nouveau exorbités… Il reprit, plus théâtral que jamais…

— Restaurer la monarchie en France ! Liquider cette République infâme, pourrie jusqu'à la moelle par la rapine organisée, la corruption, l'étalage du stupre de Macron, l'incompétence et l'aventurisme de Hollande ! Assez de salissures sur la France ! Que cesse le flot des ordures sur ce pays meurtri et grandement malade ! Le retour de la royauté doit redonner sa pureté originelle à Notre France. Seuls deux présidents bénéficient d'une certaine considération à Nos yeux : De Gaulle et Giscard d'Estaing. Ils avaient de la noblesse dans le sang et dans leurs actes, eux !

— Fameux programme, hein Mike ! Vous espérez aboutir quand ?

— Nous ne le savons, mais ce combat qui dure depuis plus de deux siècles ne s'éteindra pas ! Nous militons jour et nuit pour l'avènement d'un nouveau roi. Les strates de l'État républicain sont infiltrées par l'Ordre et il arrivera un jour où la victoire sera ! Oui, tel le messie victorieux, un roi régnera à nouveau sur la France et le Roi-Soleil connaîtra son épiphanie ! Mais là, n'est pas le seul but !

— Quoi ! Il y en a encore un autre ? Où allez-vous vous arrêter ?

— Oui il y a une mission secondaire dévolue à l'Ordre : faire du catholicisme la religion d'État en France !

À ces mots, Steph et moi nous éclatâmes de rire. Louis XIV s'emporta alors et devint comme fou. Il hurlait !

— Taisez-vous chacals, suppôts de Satan ! Oui, l'Ordre fera du catholicisme la grande religion d'État. Pour y parvenir, il utilisera tous les moyens. Nous sommes même d'avis de rétablir à terme la Sainte Inquisition… Nous instaurerons une révocation de l'Édit de Nantes de manière permanente !

— Mais vous êtes une bande de cinglés ! Vous vous croyez où ? Nous sommes en démocratie, maintenant !

— Ah bon ! Vous appelez « démocratie » le régime français actuel de la cinquième République ? Mais où avez-vous la tête ? La véritable institution, l'unique, la seule valable, la seule voulue est l'absolutisme de droit divin ! C'est ainsi, car Dieu a créé le monde et l'homme ne peut rien défaire de l'œuvre du Créateur… Hélas, l'Ordre connaît des divisions profondes. Il y a comme chez tous les royalistes de France les Légitimistes et les Orléanistes. Les uns veulent replacer sur le trône les successeurs de Louis-Philippe, les autres, les descendants du Comte de Chambord et donc les Bourbon. Heureusement, Nous ne comptons pas les Bonapartistes dans Nos adeptes ! Et à travers les deux courants, il y a encore des querelles religieuses. Certains sont en faveur de l'autorité papale de Rome, d'autres veulent un retour au gallicanisme en plaçant l'Église de France sous l'égide du nouveau souverain, tout comme en Angleterre…

— Vous n'êtes pas au bout de vos peines ! Bon, Mike, on ne reprendrait pas la route…

— Non ! Restez ! Ce n'est pas fini. C'est si rare de recevoir de la visite… C'est la première fois en plus de deux cents ans. Restez encore… Nous avons assez parlé… À vous de Nous poser des questions si vous le souhaitez, puis Nous vous montrerons le grand secret que recèle ce château…

J'ouvris la série des questions.

— Vous ne voulez pas me dire comment vous saviez que je reviendrais ici. Soit ! Mais lundi dernier, quand je suis entré la première fois, comment se fait-il que le château fût vide ? Vous étiez où avec vos collègues ?

— Nous devons vous avouer, jeune homme, que lorsqu'un de Nos valets vous a aperçu arrivant de l'extérieur, nous avons tous pris peur. Enfin, surtout Nos gens… Mettez-vous à leur place… Aucune personne n'était jamais venue à l'improviste dans ce château. Nous n'étions pas préparés. Nous fûmes tellement pris au dépourvu que nous nous sommes tous cachés dans l'escalier menant au sous-sol jusqu'à votre départ. Nous n'avons pas eu le temps de fermer la porte d'entrée à clé…

— Et aujourd'hui, vous n'avez pas été « pris au dépourvu » ?

— Nous vous l'avons dit. L'Ordre est renseigné aussi bien que la CIA à Washington… Nous savions votre retour. Nous attendions votre venue.

— Lorsque je suis entré lundi, j'ai lu cette inscription sur la cheminée. Ça veut dire quoi exactement ?

— Ah, quelle curiosité, cher ami. Devinez donc ! Vous devez certainement le savoir !

Steph sortit alors le plan informatique d'une poche de son jean. Il le tendit à Louis XIV et lut l'inscription à voix haute, progressivement.

— « Dans le Sein de l'Astre » : c'est le grand cercle de sapins ? C'est bien cela ?

— Absolument ! Mais de quel astre s'agit-il à votre avis ?

— Plus de doute avec vous : c'est le soleil !

— Parfait ! Bonne réponse.

— « Trois Merlettes aux Ailes déployées ». Ce sont ces ailes d'oiseau dans lesquelles sont dissimulés les sentiers qui mènent au château !

— Bravo !

— Pourquoi des merlettes et pas plutôt des aigles ou des cygnes ?

— Les merlettes étaient connues en héraldique depuis longtemps ; c'est par commodité qu'elles furent choisies. Tout simplement. Les ailes auraient pu être celles de moineaux ou de corneilles, en effet !

— « Le Trident de Neptune » : ça, c'est très clair sur le plan.

— Absolument, cher ami !

J'interrompis le déchiffrage du rébus.

— Pourquoi un trident et pas une quatrième merlette ?

— Tout simplement parce que lors de la construction du château et des plantations correspondant à l'énigme, il fallait des chemins plus larges pour acheminer matériaux, meubles et autres effets. Nos prédécesseurs ont imaginé ces chemins sous la forme d'un trident, en référence au trident de Neptune du bassin dédié à ce dieu à Versailles…

Steph reprit le déchiffrage.

— « Celui qui l'une des Sentes empruntera » ? Ça veut dire quoi ?

— Votre vocabulaire est bien pauvre ! Qu'est-ce qu'une sente ? Un ancien nom pour un « sentier », tout simplement !

— OK ! « Le Tombeau du Roy saura » : vous venez de nous donner l'explication ! Le château renferme la tombe de Louis XIV !

— Évidemment !

— « Et sa Fin trouvera » ? Là, je ne saisis pas !

— Cela signifie que l'énigme aura été entièrement déchiffrée, ce qui est le cas ! En tout cas, Nous tenons à vous féliciter tous deux. Mais expliquez-Nous comment vous avez pu établir un plan aussi précis !

— Grâce à l'informatique et au programme « Google Earth » !

— Évidemment, l'informatique ! Comme bien d'autres choses, elle tue progressivement notre existence secrète. Lorsque Nos prédécesseurs de l'Ordre ont inventé cette énigme avec ces plantations correspondantes, tout cela n'existait pas. Il s'agissait de simples moyens de repérages au sol par des essences aux couleurs plus sombres. Les sentiers se rétrécissant étaient réservés aux membres de l'Ordre rejoignant le château à pied et les rétrécissements étaient destinés à perdre les curieux qui pouvaient ainsi s'imaginer n'aboutir à rien. Les chevaux et les charrois devaient quant à eux emprunter le trident. Seule sa branche centrale menait directement à la bâtisse ; les deux autres, mieux entretenues que la principale, devaient donner aux indésirables éventuels l'illusion qu'il s'agissait de chemins empruntés fréquemment de manière à les dévier de l'arrivée au château ! C'est volontairement et aujourd'hui encore que la branche centrale du trident est laissée dans un état de quasi-abandon avec ce hautes herbes et des troncs d'arbres morts encombrant le chemin.

— L'énigme était donc en premier lieu destinée aux membres de l'Ordre qui voulaient se rendre ici ?

— Parfaitement ! Les ailes des merlettes ont été placées de manière à pouvoir accéder à l'édifice depuis trois provenances différentes : du nord-ouest, du sud-ouest et du sud-est. Le trident quant à lui permettait d'arriver du nord-est, c'est-à-dire de la ligne la plus courte depuis les Pays-Bas autrichiens tout proches. C'est de là que les matériaux et l'ameublement furent acheminés, afin d'éviter tout mouvement suspect et trop voyant sur les accès provenant des profondeurs de la France. L'Autriche était à l'époque une monarchie alliée de notre royaume. L'axe principal du trident consistait en une échappatoire directe vers les territoires autrichiens. Si on le continue toujours en ligne droite au-delà du cercle, on aboutit à l'abbaye d'Orval. D'ailleurs, il avait été prévu que Louis XVI et Marie-Antoinette, dans leur fuite de juin 1791, s'arrêtent ici au château. Mais comme la construction n'était pas suffisamment avancée pour procurer un logement décent à la famille royale, ce ne fut pas le cas. De toute façon, l'histoire et les révolutionnaires en ont décidé autrement à Varennes…

L'explication de Louis XIV me paraissait encore insuffisante.

— Comment faites-vous aujourd'hui pour le ravitaillement, pour les courses ?

— L'eau est directement puisée par des pompes manuelles dans deux puits datant de la construction. Quant aux denrées, les agents de l'Ordre disséminés dans la région les fournissent en toute discrétion lors de prétendues promenades, de jour comme de nuit. Les chasses sont aussi d'excellents moyens de ravitaillement. Durant les battues, des chasseurs envoient leurs camarades dans les directions opposées au château pendant qu'ils Nous fournissent discrètement…

Steph lança une autre question, la plus fondamentale indiscutablement.

— Comment se fait-il que la construction n'apparaisse pas sur les photos prises par les satellites ?

— Ah ! Ah ! Nous nous attendions à cela ! Nouvelle et belle énigme ! Tentez de deviner…

— Mike et moi on ne se l'explique vraiment pas !

— Nous allons vous fournir cette réponse, mais avant d'y arriver, Nous devons employer quelques indispensables détours à connotations historiques.

J'étais furieux de voir Louis XIV nous faire languir et à nouveau nous entraîner dans ses commentaires interminables.

— Non, cette fois la coupe est pleine. Vous parlez depuis assez longtemps ; donnez-nous les explications tout de suite qu'on en finisse. On en a marre.

— Jeune homme, Nous trouvons à nouveau votre façon de parler très cavalière et assez inconvenante à Notre égard. C'est le bon plaisir de Sa Majesté de vous donner les réponses qu'Elle juge utiles, de la manière la plus appropriée à Son goût… Prenez encore un verre d'eau afin de patienter !

Steph et moi n'avions pas d'autre choix que d'attendre les explications du cinglé. Je fis le service de l'eau moi-même. Dans mon empressement et mon énervement, je renversai du liquide à côté du verre de « Sa Majesté » ! Cette « dernière » retarda encore ses explications en faisant appeler le laquais pour essuyer la table.

— Excellents amis, connaissez-vous la Société des Cincinnati ? En avez-vous déjà seulement ouï le simple nom ?

Steph, cent fois plus calé que moi en culture générale, répondit aussitôt.

— Cincinnati est une ville aux USA.

— Bien sûr, mais Nous vous parlons de la Société des Cincinnati ! Ce n'est pas du tout la même chose.

— Aucune idée…

— Ah ! Délectons-Nous à présent de vous instruire quelque peu, jeunes et bons amis ! Projetons-nous vous et Nous dans le passé, en cette époque non encore troublée d'avant la folle Révolution qui anéantit la monarchie et…

— Steph, je sens que je vais péter un câble s'il n'accouche pas rapidement !

— Calme-toi, Mike ! Patience, mon vieux !

— Messieurs, pouvons-Nous commencer ? Un peu de silence, voyons… et de décence aussi… Nous supposons que vous n'avez jamais entendu parler de Cincinnatus, ce héros de la Rome antique qui prit la tête des armées de la République en les conduisant à la victoire ! Sa mission terminée, Cincinnatus fit fondre son épée de manière à la transformer en soc de charrue ; il parvint ainsi volontairement à fuir les honneurs pour s'en retourner au simple et noble travail de la terre romaine… Ce héros, modeste, vous en conviendrez, deviendra le modèle de la Société de tous les Cincinnatus, plus exactement des Cincinnati au pluriel du latin… Celle-ci fut fondée en 1783 par George

Washington. Elle rassemblait les héros qui s'étaient distingués durant la guerre pour l'indépendance des États-Unis. Elle comportait plusieurs sociétés dites d'États, à savoir une dans chacun des treize États existant lors de la signature de la Constitution américaine. Il s'y ajouta une société française qui réunit aujourd'hui encore les descendants des membres présents lors de la fondation ainsi que plusieurs honoraires. Les Cincinnati assurent le maintien et l'approfondissement des vieux liens d'amitié unissant les USA et la France. Vous vous en doutez : les deux conflits mondiaux leur ont donné un rôle particulièrement important ! Et Nous…

— OK, tout ça, c'est bien beau, mais ça n'explique pas pourquoi…

— Taisez-vous, jeune homme. Vos interruptions intempestives et trop nombreuses Nous agacent au plus haut point. Nous devrions vous faire donner le fouet ou la bastonnade ! Nous venons au cœur de notre explication.

Louis XIV connaissait l'art de faire languir ses hôtes. Il appela un laquais pour le resservir en eau, sa gorge étant très sèche à n'en point douter !

— Connaissez-vous Messire Jean-Alexandre Pléville Le Pelley ?

— Non, et toi Steph ?

— Jamais entendu parler de ce mec !

— C'est le descendant d'un des Cincinnati de 1783. Il est actuellement un brillantissime chimiste et astrophysicien à l'université de Berkeley en Californie. Il assure aussi le lien entre les Cincinnati de France et ceux des USA, mais également entre les Cincinnati en général et… l'Ordre de Saint-Denis ! C'est grâce à lui que le château est invisible depuis le ciel.

— OK, mais comment, bon sang ?

— Calmez-vous jeune homme ! Si vos propos déplacés devaient perdurer, Nous ne vous fournirions pas le reste des éléments et commanderions sur-le-champ votre expulsion de ce lieu par Nos gens…

— Pas de problème, Sire : Mike va se tenir tranquille ! Continuez donc, gracieuse Majesté. Tel sera notre bon plaisir…

Louis XIV dut se rendre compte que Steph se moquait de lui, car il tira une très sale mine aussitôt et se remit à parler d'une manière pincée…

— Pléville Le Pelley, dans son laboratoire américain, a mis au point un faisceau lumineux tout particulier, capable d'imiter l'environnement naturel de manière à rendre les éléments matériels invisibles… Son rayon, démultiplié à l'infini au besoin, a été installé sous les toits de notre château. Huit cents boîtiers fonctionnant sur piles sont dissimulés sous les ardoises et reproduisent par-dessus toute la toiture la même couleur que celle des sapins entourant la bâtisse.

— Voilà pourquoi le ciel est vert au-dessus du bâtiment !

— Parfaitement ! Ces rayons, en se croisant les uns les autres, sont agencés et dirigés de telle manière que, depuis les hauteurs, ils donnent l'illusion de former des pointes de conifères. D'où l'impossibilité, même pour un satellite, de photographier Notre demeure secrète…

— Ah oui et si on passe au-dessus avec un zinc ou un hélico ?

— C'est pareil : on croit survoler une forêt continue. Le château est rendu invisible par l'ingénieux entrecroisement des rayons, dirigeables vers le ciel, afin de suivre la croissance de la végétation… Notre ingénieur a même réglé certains des rayons de manière à atteindre des hauteurs différentes. Il l'a fait sur base d'un logarithme correspondant à une croissance moyenne des sapins des alentours, de façon à ce que la couverture artificielle ne soit pas uniforme sur toute sa superficie, vue des cieux. L'illusion est ainsi modulable… Évidemment, c'est un fameux entretien : Nos domestiques vérifient chaque semaine l'état des boîtiers et le niveau d'énergie des piles. Que ne faut-il pas inventer pour combattre les techniques modernes et préserver le secret ?

— Le château n'apparaît pas non plus sur les cartes de la région…

— Voyez-y toute l'influence de l'Ordre sur la société, jusque sur les instituts de cartographie en particulier…

— C'est renversant, fabuleux ! Mais, comme vous ne devez pas disposer ici du chauffage central, vous vous chauffez au bois, je suppose ?

— Évidemment ! Il n'en manque d'ailleurs pas aux alentours au cas où vous ne l'auriez point remarqué…

— Dans ce cas, vos cheminées dégagent des fumées bien visibles…

— En arrivant tous deux, avez-vous observé une quelconque exhalaison ?

— Je n'ai pas fait attention ! Et toi, Mike ?

— Moi non plus !

— Pourtant, vous le constatez, il y a du feu dans la cheminée…

— …

— Aucune fumée ne risque de trahir Notre présence, et ce depuis plusieurs années ! En connaissez-vous la raison ? Non, certainement… Sur le dessus des six cheminées que compte le château ont été placés depuis longtemps déjà des récupérateurs de fumées, comme dans certaines usines… Un système déjà ancien et breveté. Tout simplement !

— Eh bien ! Bravo, Sire !

— D'autres questions, très chers et excellents amis ?

— Non, et toi, Mike ?

— Non plus !

— Dans ce cas, il vous reste à vivre l'instant le plus palpitant, le plus formidable, le plus époustouflant, le plus magique de vos jeunes existences terrestres. Messieurs, suivez-Nous jusqu'au tombeau de Sa Majesté Louis-Dieudonné le quatorzième, le Très Chrétien Roy de France.

Nous quittâmes le salon d'apparat, précédés comme il se doit par le très, très grand Louis XIV ! Avant de délaisser la pièce, il nous fit remarquer ce tableau le représentant que j'avais repéré sur l'ordinateur de Steph.

— Notre portrait par Hyacinthe Rigaud, Messieurs. Il s'agit de l'original. Celui exposé au Louvre est une pauvre copie sans intérêt, contrairement à ce que l'on s'imagine.

Arrivés dans le hall d'entrée, il nous fit observer un autre tableau.

— Et voici encore Notre portrait ; Nous sommes là en compagnie de Notre famille ! Comme vous pouvez le constater, le peintre Nocret Nous a représenté la tête ceinte d'une couronne de lauriers, à la manière des empereurs de Rome. Encore une œuvre originale, bien entendu. Sa vulgaire reproduction berne aussi les touristes qui souillent Notre domaine de Versailles depuis des années... On Nous représenta même un jour sous les traits de Jupiter vainqueur...

Le fou se retourna alors vers son prieur et l'ensemble de ses valets qui, au son de sa voix, avaient quitté leurs chambres pour gagner le vestibule d'entrée. Il frappa alors le dallage de son bâton. Trois coups secs retentirent. Comme au théâtre avant que le rideau ne se lève...

— Messieurs, plaçons-nous en cortège pour gagner le tombeau royal !

C'est ainsi que, comme dans une mauvaise comédie, Louis XIV ouvrit la marche. Il nous plaça Steph et moi juste derrière lui, côte à côte. Après nous suivaient le prieur puis les laquais deux par deux et le dernier tout seul pour fermer le rang. Où étions-nous ? Dans un studio de cinéma à Cinecittà ou à Hollywood... Steph et moi, nous ne pûmes nous empêcher de rigoler sous cape. Nous n'osions croiser nos regards de peur d'éclater de rire ! Nous devions avoir l'air malin avec nos baskets, nos godasses de marche, nos jeans et bermuda au milieu de cette bande de farfelus tous habillés en costume du grand siècle… Je pense qu'à cet instant aussi bien lui que moi pensions connaître rapidement le dénouement d'une farce ! Que pouvait-il y avoir dans cette cave ? J'imaginai un nouveau tableau du Roi, peint cette fois sur son lit de mort. Plus nous descendions l'escalier, plus des lumières vacillantes, diffusées par des torches enflammées nous parvenaient. Arrivés au sous-sol, nous nous regardâmes, incrédules. C'était inimaginable, renversant…

— Messieurs, la dépouille mortelle de Sa Majesté Louis XIV !

Dans une châsse de verre, tout entourée et surmontée de dorures sculptées gisait en effet le corps de Louis XIV, embaumé. Pas d'erreur possible ! Ce n'était pas un mannequin ; c'était une personne humaine sous ce masque cireux. C'était donc vrai ! Les restes de Louis XIV reposaient bien dans les sous-sols de ce petit château perdu au milieu des forêts ardennaises. Le corps était habillé de la même manière exactement, lui aussi, que sur le tableau de Rigaud. Le Louis XIV « vivant » et le vrai décédé étaient similaires en tous points ! Du moins physiquement… Steph et moi, nous étions abasourdis !

— Et voilà, messieurs, le secret que recèle cette demeure ! Voici la raison d'être de nos jours encore de l'Ordre de Saint-Denis : le symbole qu'il faut protéger ici jusqu'à la restauration de la monarchie.

Steph sembla subitement inquiet, comme si un mauvais présage venait de lui effleurer l'esprit.

— Bon ! Merci pour la visite et les explications. C'était fort intéressant. Mike et moi nous allons maintenant vous laisser tranquilles et retourner à…

— Pardon, jeune homme ?

— Je disais que nous allions vous quitter et rentrer chez nous.

— C'est absolument hors de question !

— Pourquoi ?

— Mais parce qu'en sortant d'ici vous risqueriez de divulguer aux alentours tout ce que vous savez, tout ce que Nous vous avons appris et montré.

— Soyez précis…

— Vous ne quitterez plus jamais ces lieux !

— Viens Steph ! On se barre !

— À Nous ! À Nous, Nos gens !

Aussitôt, les laquais et le prieur se jetèrent sur Steph et moi pour nous maîtriser. Nous en avions chacun trois à dos. Ils tentèrent de ramener nos mains vers l'arrière de nos corps pour nous empêcher de nous débattre. Louis XIV ouvrit alors une porte grillagée située en face du tombeau, ouvrant l'accès à une pièce aux murs nus et suintants, faiblement éclairée par un soupirail. Nous y fûmes poussés et précipités sans ménagement. À six contre deux, ils eurent le dessus rapidement ! Une fois jetés au sol, l'un des laquais ferma la porte de fer à clé. Nous étions bel et bien prisonniers ! Quelle imprudence nous avions commise ! Mais rien ne nous avait laissés présager une issue aussi brusque. Steph et moi avions été convaincus de vivre une plaisanterie organisée jusqu'au moment de la découverte du tombeau au sous-sol. Mais là, il était déjà trop tard et le piège s'était refermé sur nous… Tout avait été savamment orchestré !

Dès que nous nous fûmes relevés, le prieur s'adressa à nous.

— Messieurs, en pénétrant dans ce château tenu secret depuis si longtemps, vous avez profané le tombeau du Roy Louis XIV. Par cette profanation, vous avez aussi insulté le Roy Très Chrétien et la Sainte Église catholique. Sa Majesté va rendre à présent la justice qui convient à des individus coupables de pareil crime.

Louis XIV s'avança à son tour vers la porte grillagée. Son air jovial avait disparu. Il prit une figure empreinte de gravité… et de cruauté !

— Messieurs, la sentence que Nous vous réservons suite aux propos de Notre prieur est sans détour : la mort !

Steph et moi ne pouvions croire à cela et nous hurlâmes notre indignation.

— Bande de dingues, sortez-nous d'ici et tout de suite ! Vos conneries ont assez duré !

— Tas d'ordures et d'illuminés… Fachos !

— Que la douleur vous égare face au verdict que Nous venons de rendre ne Nous étonne nullement. Croyez bien que Nous l'avons prononcé avec grande peine et que Nous compatissons infiniment à votre sort et à votre douleur morale. Mais le Roy ayant pouvoir de rendre la justice, il en sera ainsi et non autrement. Rassurez-vous toutefois : fidèles à certains usages et coutumes, Nous avons prévu que votre exécution n'aurait lieu que demain à l'aube. Cela vous permettra de réfléchir quelques heures durant à la gravité de vos actes et de remettre votre salut entre les mains de Notre Seigneur Jésus-Christ avec toute la modestie et l'humilité qui s'imposent. D'ailleurs, avant le moment fatidique, Notre prieur recueillera vos confessions… La sainte communion vous sera également proposée selon vos bons désirs…

— Et on va mourir comment ?

— Selon l'une des méthodes les plus répandues à Notre époque. Notre personnel va vous l'indiquer très bientôt, mais avant Nous devons reconnaître avoir quelque peu travesti la vérité quant à la dernière phrase de l'énigme sur la cheminée. « Et sa Fin trouvera » signifie bien évidemment que celui qui aura découvert et profané le tombeau royal sera amené à connaître sa fin personnelle et donc que la grande faucheuse l'attendra pour lui ouvrir ses bras.

Ensuite, trois des laquais, sur ordre de Louis XIV, ouvrirent une autre porte de la cave. Quelques instants après, ils en sortirent un énorme socle de bois… On aurait dit un billot…

— La décapitation, c'est ça, hein ?

— Non, messieurs, non. Point de pareille méthode abjecte en ces murs, voulez-vous… Nous provenons d'une période civilisée, voyons.

Nous commençâmes à comprendre lorsque les laquais sortirent ensuite de la pièce une grande croix de Saint-André en bois.

— Voici, messieurs, le sort qui vous sera réservé : le supplice de la roue ! Tout simplement… Tout naturellement… Que de malheureux ont enduré les souffrances sur cet engin à Notre époque ! Évidemment, Nous ne disposons dans ce château que d'un seul instrument. Et sur celui-ci ne peut tenir qu'une personne à la fois. Nous vous saurons donc gré de bien vouloir prendre entre vous un arrangement de manière à ce que demain matin Nous sachions lequel de vous deux aura l'immense privilège de s'y rendre en premier lieu…

— La roue, Mike ! C'est dingue ! C'est pas possible !

— Sortez-nous d'ici ! Vous n'avez pas le droit de faire ça !

— Sa Majesté dispose de tous les droits sur Ses sujets. Y compris du droit de mort, jeune ami !

Effarés, les larmes aux yeux et la peur au ventre, de notre prison, nous vîmes les laquais monter l'engin sur le socle de bois et vérifier son assise. Louis XIV s'approcha davantage encore de la porte grillagée…

— Ce supplice est franchement enfantin. Vous serez attachés au bois, bras et jambes écartés. Puis, nos laquais vous briseront les quatre membres à coups de bâtons, vous défonceront la poitrine pour finalement replier vos bras et vos jambes sous votre tronc, jusqu'à ce que mort s'ensuive. C'est aussi simple que cela. Cela pourra durer quelques heures bien sûr entre les premiers coups et l'expiration finale, mais beaucoup vous envient et vous envieront encore d'avoir connu pareille mort. Que disons-Nous ? Pareille destinée !

— Quoi ? Vous êtes dingue !

— Voyons, Messieurs, sachez apprécier et savourer votre chance : vous allez devenir les deux premiers martyrs de la restauration monarchique en France. Les lecteurs des livres d'histoire d'ici quelques siècles vous jalouseront. Songez que demain vous allez entrer dans la grande Histoire, Nous rejoindre pour l'éternité, participer à la grandeur et au rayonnement de la France…

— Des cinglés !

— C'est une vraie secte, Mike ! C'est grave de grave…

— Notre prieur a déjà pu relever vos noms, prénoms et âges. Il les complétera bien entendu par les minutes détaillées de vos exécutions, dans le registre du château. Vous concéderez, Messieurs Chapiseau et Gardiez, que le Roy est parfaitement informé quant à l'identité de Ses hôtes…

— Qui vous a donné nos noms ?

— Quel événement extraordinaire ! L'unique mise à mort pratiquée en ces lieux depuis qu'ils existent ! Quel bonheur incommensurable… L'émotion Nous étreint ! Veuillez Nous excuser un instant. Nous revenons sans tarder…

Le prêtre nous occupa en attendant le retour de son mentor.

— Messieurs, soyez courageux et...

— Dites, c'est une blague ? C'est du théâtre ! C'est une répétition générale... C'est du chiqué tout ça...

— Mais tout est vrai, Messieurs. De grâce, restez dignes. Mourez en êtres responsables : assumez les conséquences de vos actes de profanation.

— On ne savait même pas que votre espèce de Louis XIV était ici. On n'a rien profané du tout !

— Vous n'êtes pas membres de l'Ordre. En entrant en ces lieux, comme vous n'en aviez pas la qualité, vous avez agi en profanateurs. Seuls les compagnons de l'Ordre sont admis en ce château ; les autres pas !

— Quand on aura disparu, forcément les flics nous rechercheront et ils finiront par tout savoir...

— Oh, certainement pas...

— Pourquoi ?

— Sa Majesté qui S'en revient à l'instant va vous l'expliquer Elle-même...

— En effet, Messieurs, Notre prieur a raison. Certes, la gendarmerie de la République tentera de retrouver vos corps. Elle pourra fouiller la forêt, mais ses agents ne pourront jamais pénétrer au-delà du fameux « astre » de résineux. Nos infiltrations dans la maréchaussée sont tellement étendues qu'il en sera bien ainsi, rassurez-vous. Des ordres ont déjà été donnés en ce sens il y a quelques heures... De la même manière que le château n'a jamais été découvert, sauf par vous bien sûr, vos corps ne seront jamais retrouvés non plus.

Nous pouvons même déjà vous dire qu'il sera supposé officiellement que vous avez fugué tous deux à l'étranger. Vous voyez : l'organisation est sans faille aucune… Notre police royale est très bien renseignée…

— Sire…

— Oui, Monsieur Notre prieur ?

— Sa Majesté ne devrait-Elle pas informer ces messieurs de ce qu'il adviendra de leurs cadavres ?

— Bien sûr ! Où avions-Nous la tête ? Ces moments historiques que Nous sommes en train de préparer Nous feraient presque perdre la raison et le sens profond des événements en devenir !

— Nos cadavres…

— Oui, Messieurs ! Vos corps martyrisés seront ensevelis à proximité du château. La fosse qui les accueillera a déjà été creusée, vu que Nous connaissions votre venue. Il Nous plaît à gagner du temps et à abréger ainsi les moments les plus laborieux, mais aussi les plus beaux de l'existence. Il s'agira d'une fosse commune, bien entendu. Vous ne deviez pas vous imaginer que chacun bénéficierait de sa propre tombe. Les profanateurs ne méritent que la fosse commune, le « trou aux chiens » des cimetières d'antan…

— Charmant… Merci !

— Trois ans après avoir été enterrés, vos squelettes seront exhumés puis brûlés dans la principale cheminée, celle de l'inscription. Ainsi, il ne restera plus aucune trace de votre passage sur cette terre. Nous ne faisons en cela que suivre les règles prescrites par le codex de l'Ordre de Saint-Denis. N'est-ce pas merveilleux ?

— …

— Réjouissez-vous, chers amis ! Ne faites pas ces mines sombres et tracassées ! Votre heure de gloire est proche. La souffrance ? Oui, bien sûr ! Mais elle n'est rien, voyons, qu'un passage, un simple petit pont à franchir vers l'éternité. Nous aussi Nous eûmes à souffrir, tant moralement que physiquement ! Songeons ne fut-ce qu'à la Fronde durant Notre enfance, puis à Nos maladies diverses : la variole, les infections alimentaires, les problèmes dentaires, Notre agonie de plusieurs jours en août 1715… À l'âge de cinq ans, Nous faillîmes même Nous noyer dans les bassins du Palais-Royal… Vous voyez, chers amis, à chacun son lot de misères sur cette terre.

— …

— Au fait, afin de vous distraire quelque peu durant ces longues, mais mémorables heures qui s'annoncent, l'un de Nos laquais a apporté ici un appareil sur piles à partir duquel de la musique sera jouée. Nous avons spécialement choisi pour vous les « Symphonies pour les soupers du Roy » de Delalande ainsi que les « Concerts royaux » de Couperin. Vous êtes des privilégiés, sachez-le ; appréciez-le… De même, afin d'augmenter votre culture générale qui Nous apparut plutôt faiblement développée – Nous devons vous l'avouer –, Nous avons le plaisir de vous prêter ce livre qui fait état tout simplement de… Notre biographie par un historien contemporain : Georges Bordonove. Bonne lecture, Messieurs !

— …

— D'ici quelques heures, une collation vous sera servie. Si vous souhaitez émettre des désirs particuliers et précis quant à ce léger repas, n'hésitez surtout pas à en informer Monsieur de Valières, Notre aide de camp, que vous voyez, là à gauche. Il tentera de les satisfaire dans la mesure de ses possibilités, bien entendu.

— Sa Majesté est trop bonne !

— Bien dit, Monsieur Gardiez… Vous progressez de minute en minute… Dommage que cela arrive un peu tard…

— Ordure !

— Trop aimable, Monsieur Chapiseau. Messieurs, un membre de Notre personnel va enclencher la musique que Nous vous avons promise. Vous allez vous régaler ! Nous commencerons par Delalande : flûtes, hautbois, trompettes, bassons, violons et violes, clavecin, tambour et même… castagnettes ! Nous supposons que vous ne verrez aucun inconvénient à ce que Nous accompagnions la liesse qui est la vôtre en ce moment en esquissant quelques pas de danse… Sachez en effet que Louis-Dieudonné S'adonna aux plaisirs de la chorégraphie jusqu'à deux heures chaque jour entre Ses sept et Ses vingt-sept ans !

Un laquais enclencha en effet un appareil jouant des CD ! La musique en sortit aussitôt à un volume élevé. Nous vîmes alors Louis XIV se mettre à danser autour de la châsse de verre. Avec son bâton et ses chaussures vernies, encombré par son lourd manteau d'hermine, il faisait de courtes figures lui donnant l'air plus ridicule encore…

Une dizaine de minutes plus tard, le groupe d'aliénés se retira, nous laissant seuls avec Delalande et son orchestre. Nous étions dans de beaux draps avec la mort pour horizon ! Nous avions tous deux la gorge nouée. On se serra dans les bras l'un de l'autre.

— Steph, c'est pas vrai qu'on va mourir ici comme des rats !

— J'en ai peur, Mike. C'est la nuit… On va se réveiller…

— Non, c'est réel ! On est tombé chez une bande de paranos et de tarés.

— C'est un groupe d'illuminés, vraiment ! Mais des fous dangereux…

— Incroyable ! On a dix-neuf ans toi et moi…

— Mike, je crois qu'il nous reste une chance, une seule…

— T'as une idée ?

— Regarde de l'autre côté de la cellule : il y a un grand bout de bois. On peut leur taper sur la tronche avec ça !

— Oui, mais quand ?

— Ils doivent nous apporter de la bouffe bientôt… C'est la seule occasion !

— Tout dépend de qui viendra. Un, deux ou tout le groupe…

— Évidemment…

— Ils vont devoir ouvrir la cellule ! Je me demande s'ils seront armés… Depuis qu'on est arrivés, aucun n'avait ni couteau ni arme à feu…

— À part les frapper avec la poutre, on ne peut rien…

— S'ils ont une arme, il faut s'en emparer et en prendre un en otage !

Pendant de longues minutes, nous tentâmes d'envisager une issue de secours. Mais les hypothèses étaient aussi nombreuses que les incertitudes… Il allait falloir jouer serré et fin, compter surtout sur le hasard et la chance…

Arriva l'heure de notre fameux repas. Nous vîmes arriver devant la porte grillagée un laquais portant un plateau, précédé de celui que Louis XIV avait appelé l'aide de camp. Steph et moi étions assis sur le sol. Lui tenait ses mains à l'arrière de son dos, prêt à saisir la poutrelle de bois… La porte une fois ouverte, le laquais au plateau entra dans la cellule. Ni une, ni deux, comme mû par une force irrésistible, je jetai un coup de pied sec dans le plateau qu'il reçut en pleine figure avec tout ce qu'il contenait : des assiettes, des couverts et des verres. Le valet hurla : j'avais dû lui envoyer quelque chose de piquant ou de coupant en plein visage.

Effrayé, l'aide de camp se retourna pour courir sans doute appeler de l'aide. Comme la porte était restée ouverte, Steph bondit hors de la cellule et le rattrapa alors qu'il avait déjà gravi trois marches de l'escalier menant au rez-de-chaussée et appelé à l'aide quelques fois. Steph parvint à l'attraper par le bas de sa redingote et il tomba de tout son poids, la mâchoire, la première sur une marche. Steph lui sauta dessus et par un violent coup de coude l'assomma définitivement sur la même marche. Il lui arracha sa perruque et lui redonna un nouveau coup avec le pied pour être sûr qu'il ait son compte.

— Je lui ai pété le pif et les dents !

Pendant ce temps, profitant de l'étourdissement de mon laquais, je me saisis de la poutrelle et la lui envoyai en pleine figure. Le sang gicla de ses narines aussitôt et il s'effondra. Je lui donnai également un violent coup supplémentaire sur la tête pour être sûr qu'il ne se relève pas. Je me demandai même si je ne l'avais pas tué purement et simplement.

Nous avions réussi jusque-là. Nos yeux pétillaient, mais le plus dur restait à venir. Toujours muni de la poutrelle, je suivis Steph dans l'escalier menant au vestibule d'entrée. Nous ne savions pas si les cris des deux laquais avaient été entendus ou pas. Il n'y avait plus le choix. Il fallait à présent que tout se déroule très vite. Steph ouvrit la porte doucement. Personne ne se trouvait dans le hall. Nous filâmes à pas feutrés vers la porte d'entrée. Elle était fermée à clé ! Nous entendîmes des pas. Ni une, ni deux, je pris la petite poutre et défonçai l'un des deux panneaux vitrés. Alertés par le bruit, les deux laquais restants, le prieur et Louis XIV commencèrent à hurler et à accourir vers le hall. Avec la poutrelle, je tentai toujours de casser un maximum de carreaux pour pouvoir passer. Estimant que le passage réalisé était assez large, je m'y engouffrai le premier. Dans l'empressement, j'écorchai méchamment mon bras droit en plusieurs endroits sur du verre resté saillant, sortant du chambranle de la porte. Le sang affleura aussitôt. Steph me suivit à la vitesse de l'éclair… À toutes jambes, nous descendîmes le perron pour rejoindre la fameuse « sente » dans l'aile de merlette, par laquelle nous étions venus.

Derrière, nous entendîmes Louis XIV hurler :
— Tuez-les ! Tuez-les ! C'est un ordre de votre Roy !

Nous entendîmes alors des sifflements dans l'air ! Des flèches ! Les laquais nous tiraient dessus avec des arcs à flèches ou des arbalètes, aussi incroyable que ça puisse paraître. L'entrée de la sente étant étroite, nous faisions des cibles idéales et tout en courant, nous devions nous baisser. Les sapins bordant le sentier étaient si densément plantés qu'il était impossible de s'y faufiler. Heureusement, par rapport aux assaillants, nous avions pour nous la jeunesse, l'entraînement, de bonnes godasses et donc la rapidité. Nos poursuivants avaient leurs souliers vernis et une certaine difficulté à progresser dans les bois. Steph hurla à un moment : une flèche lui avait effleuré une épaule. Nous redoublâmes de vitesse, courûmes comme des fous dans ces bois sombres.

Nous parcourûmes ainsi plusieurs kilomètres, sans nous retourner jusqu'à ce que nous ayons eu la garantie d'être hors de portée des flèches et surtout d'avoir trouvé la sécurité. Nous étions en nage et mon bras droit était en sang !

— Amina, Charles ne rentrera pas avant dix-neuf heures. Il est retenu par une réunion à la mairie. Voulez-vous prendre le thé avec moi ?

— Oui, Madame Chapiseau, volontiers.

— Faites comme Michaël : appelez-moi mamy !

— Entendu…

— Que diriez-vous d'un bon thé noir aux éclats de caramel avec quelques biscuits écossais pur beurre ?

— Pourquoi pas !

— Venez avec moi à la cuisine pendant que je prépare tout ça. Nous bavarderons un peu.

— D'accord. Je vous suis, mamy !

— Dites-moi, Amina, comme nous sommes entre nous, vous pouvez bien me faire quelques confidences… Vous avez rencontré notre Michaël à l'université, n'est-ce pas ?

— Oui, c'est bien cela.

— Vous étudiez donc aussi l'éducation physique !

— Non, le droit. Mais j'avais aperçu Michaël la première fois lors d'un tournoi de basket-ball sur le campus. C'est son sport préféré. Il jouait dans une des équipes. Il m'a tout de suite plu ; je le trouvais si mignon quand il sautait pour marquer ses paniers… Les copines dans les gradins m'ont suggéré de l'accoster après le match à la sortie des vestiaires. On a pris un verre et tout a démarré ainsi…

— Cela remonte-t-il à longtemps ?

— Oh non, fin septembre de l'an dernier.

— Vous ne trouvez pas qu'il a changé depuis ?

— Que voulez-vous dire ?

— Je le trouve très nerveux, emporté. Il n'a jamais été un calme, mais cette fois, c'est terrible. Il est même très difficile avec nous, avec Charles surtout…

— Disons qu'il est fort impulsif. Je dois le freiner souvent pour qu'il ne commette pas des bêtises ou pour qu'il ne parle pas à tort et à travers. Il est parfois assez agité aussi.

— C'était un brave petit, vous savez : espiègle et comique, mais dans tous les mauvais coups ! Mon mari et moi nous lui avons toujours pardonné tellement il était affectueux et gentil avec nous. En plus, il est notre unique petit-enfant. Tenez ! Il y a de cela des années, il devait être en première année d'école élémentaire ; il passait alors un mois de vacances chez nous. Avec son ami Stéphane, après un orage, les deux garnements avaient ramassé des limaces sous les haies ! Je les vois encore par la fenêtre de la cuisine : on aurait dit deux lutins en culottes courtes. Ils se faufilaient accroupis entre les légumes du potager pour déposer les limaces sur nos salades. Heureusement, une petite heure après je les envoyais prendre le bain. Stéphane logeait parfois chez nous en été et Michaël de temps à autre chez lui. Les petits monstres n'ont fait que rire aux éclats dans la baignoire. Mon mari en a alors profité pour enlever ces sales bêtes. Si je me souviens bien, Charles en avait compté une bonne trentaine ! Les enfants n'en ont jamais rien su.

— Michaël n'a pas changé, vous savez ! Il aime encore les farces !

— Oh si Amina, il a bien changé. C'est flagrant. Et Stéphane aussi ; lui est même devenu quelqu'un de bien peu recommandable. Je crois qu'il a une mauvaise influence sur Michaël !

— Je ne le crois pas. Michaël a l'air plutôt perturbé par cette histoire de château et par le fait que vous refusiez de le croire.

— Mais Amina, ce bâtiment n'existe pas. Mon mari est depuis plus de trente ans président des sociétés de chasses de la région. C'est toujours lui qui délimite les parcelles, établit les locations, balise les chemins… Il connaît la forêt mieux que quiconque. Si ce château existait, il le saurait, vous pensez bien.

— Mais pourquoi alors cet entêtement ?

— Gardez cela pour vous, mais Charles soupçonne ce fameux Stéphane de faire consommer de la drogue à Michaël ! Il m'a justement confié cela tout à l'heure. Des rumeurs circuleraient dans le village…

— C'est impossible, voyons ; Stéphane ne trempe pas dans la drogue !

— Ça reste à voir. Quand on voit son style !

— Vous ne pouvez pas vous baser là-dessus pour affirmer une chose aussi grave. Il a le genre de certains jeunes de son âge, c'est tout. À Nanterre, il y a sur le campus des garçons avec des boucles d'oreilles, des jeans déchirés et des ceintures à clous. Ils se font passer pour des durs à cuire, mais malgré leur apparence il n'y a pas garçons plus aimables ! Je ne connais pas Stéphane depuis longtemps, mais je le trouve très convenable, poli, attentionné, bien élevé.

— Puissiez-vous avoir raison, mais Charles et moi sommes fort tristes, croyez-le bien ! Voilà, nous pouvons prendre le thé sur la terrasse. Venez…

— À propos, Amina, que font vos parents dans la vie ?

— Hélas, maman est morte il y a quatre ans…

— Oh ! Excusez-moi, j'ignorais. Je suis désolée.

— Ne vous inquiétez pas, vous êtes tout excusée. Mon père, lui, est dans l'import-export entre le Maghreb et la France. Il dispose d'une flotte de plusieurs camions au sud de Paris et à Marseille pour le commerce entre les deux rives de la Méditerranée. La Tunisie est notre pays d'origine.

— Je me disais bien en vous voyant. Vous avez un visage, des cheveux et des yeux noirs magnifiques ! Et puis votre prénom coranique, bien entendu…

— Merci bien. J'emmène Michaël à Hammamet chez mon oncle pour le Nouvel An. Il s'en réjouit déjà.

— À la bonne heure ! Cela me fait plaisir de voir que vous vous entendez bien et que vous vous aimez. Mais dites-moi, votre père doit importer du thé à la menthe de là-bas…

— Absolument…

— Amina, j'ai été ravie de faire plus amplement connaissance avec vous. Si cela ne vous dérange pas, je vais à présent préparer le dîner. Nous mangeons le plus souvent assez léger le soir. Le déjeuner est généralement notre repas principal. Vous m'accompagnez à la cuisine ?

— Volontiers. Je vais vous aider.

— Taboulé et salade du jardin au menu ! Cela vous convient-il ?

— C'est parfait !

— Mais avant, je vais renouveler les sacro-saintes fleurs de Charles. Nous pouvons aller cueillir quelques lys dans les parterres. Charles est enragé pour que j'en cultive. Il y en a tout autour de la maison. Il dit que ce sont ses fleurs préférées. Moi, je ne les supporte pas, car si vous avez une tache de leur pollen sur vos vêtements, je vous souhaite bonne chance pour la récupérer ensuite. Je prends toujours un vieux tablier pour les couper ! Je vais laver le vase. Ça vous dérangerait d'aller dans le tiroir droit du buffet là-bas chercher le petit sécateur pour couper les lys ?

— Non, du tout. J'y vais…

— Ah ! J'entends Charles qui revient.

— Bonsoir ma petite Bretonne ! Bonsoir Amina ! Avez-vous passé une bonne journée toutes les deux ?

— Excellente, Charles !

— Parfaite, Monsieur Chapiseau. Merci.

— Et notre cow-boy ? Où est-il ? Encore en promenade ? Il est calmé ?

— Il est toujours avec Stéphane dans la forêt.

— Ils ne sont pas encore rentrés ? Mais ils sont partis depuis le matin !

— Michaël tient absolument à retrouver ce château. Il est en effet parti très tôt avec Stéphane...

— Décidément, c'est une idée fixe ! Il court après quelque chose qui n'existe pas. Je me demande ce qui a pu lui passer par la tête. Et pourquoi est-il accompagné de S... de ce Stéphane ?

— Il ne voulait pas être seul, puis à deux il m'a dit que ce serait plus facile pour retrouver le château...

— Amina, ma chère, j'ai peur de... Comment vous dire ? Nous allons bientôt passer à table. Je vous en parlerai... Je compte sur vous pour remettre notre petit-fils dans le droit chemin.

— Dans le droit chemin ?

— Oui, Amina ! De grâce, persuadez-le d'oublier cette histoire... Emmenez-le en balade dans la région, visitez les campagnes et nos rivières... Je ne sais pas si Michaël est tombé sur la tête ou non, mais ce château n'existe même pas ! Qu'il cesse d'aller retourner les forêts !

— Dans ce cas, pourquoi est-il si enragé pour le retrouver ?

— Je n'ose vous le dire... J'ai peur de vous inquiéter...

— Non, allez-y. Michaël est mon ami ; je l'aime et je ne veux pas qu'il lui arrive quoi que ce soit !

— Amina, dissuadez-le de continuer à fréquenter ce Stéphane ! Les informations qui me parviennent à la mairie sur cet individu sont... préoccupantes ! Il se drogue et ferait partie d'une bande de dealers.

— Je ne peux pas y croire...

— Moi non plus, mais mes informations sont précises. Je crois qu'il faut se rendre à l'évidence. Si Michaël est tellement excité par cette histoire de château, c'est que ce fichu Stéphane l'a entraîné dans l'abîme. Sinon, il ne chercherait pas quelque chose d'inexistant... En plus, Michaël, depuis qu'il est arrivé, est méconnaissable. Nous avons eu droit de sa part à un vrai festival d'insultes et de grossièretés en tous genres. C'est la première fois qu'il nous répond de cette manière. Je vous l'assure, il n'est pas dans son état normal ! Sauvez-le des griffes de ce Stéphane… Bon, c'est ce que je voulais vous dire. Passons à table à présent puisque Michaël et son… compagnon… ne sont pas encore rentrés. Nous n'avons jamais transigé sur l'horaire des repas ! Encore un élément qui me fait dire que notre petit-fils ne connaît plus aucune discipline… Et vous avez remarqué son regard ?

— Non…

— Il a les yeux étranges et brillants ! Je vous dis que c'est la drogue… Bon appétit quand même !

Journal d'Amina
Vendredi 9 juillet 2021

Il est 20 heures 15 et les garçons ne sont toujours pas rentrés de leur randonnée en forêt. Je suis fort inquiète. Vers la fin du dîner, j'ai prévenu le grand-père de Mike que je comptais appeler la gendarmerie s'ils n'étaient pas rapidement de retour. Il est subitement entré dans une rage folle : « Vous n'y songez pas ! Et notre réputation ? Que va-t-on dire de nous ? Et de Michaël ? Que c'est une poule mouillée… Vous me laisserez faire et vous n'appellerez personne ! » Pourquoi ? C'est quand même son petit-fils ! Pourquoi tant de mystère autour de cette histoire de château ? Je sens que des choses m'échappent. Il règne un curieux climat dans cette maison depuis que je suis arrivée. Quoiqu'il advienne, si à 22 heures Mike et Steph ne sont pas rentrés, j'appellerai les flics. Que ça plaise ou pas !

La grand-mère, elle, n'a pas dit un mot. Son mari semble dévoré d'autorité. Rien en plus ne doit perturber sa petite vie pépère. Je sens une hargne contre Mike qui le dérange dans ses habitudes et son train-train quotidien. Et contre Stéphane aussi : que d'horreurs il ne m'a pas dites sur son compte ! Stéphane tremperait dans la drogue ! Je ne peux vraiment pas croire ça. Il m'a donné l'impression, au contraire, d'être un garçon très équilibré. Quant à Mike, il ne se drogue pas : je le sais bien quand même !

Mamy m'a demandé d'aller dans un tiroir chercher un petit sécateur pour couper des lys à l'extérieur. Je n'ai rien dit, j'ai fait l'innocente, mais dans ce tiroir, tout au fond, j'ai reconnu la boussole de Michaël ! Que faisait-elle là ? Il la laisse toujours dans son sac à dos, comme il me l'a encore confirmé le soir de ma venue ! Je n'ai pas confiance dans le grand-père. Je me trompe peut-être, mais quelque chose me dit qu'il cache des choses à Mike en ce qui concerne cette histoire de château. Le grand-père, lorsqu'il évoque l'affaire, n'a pas l'air net. Il tremble légèrement de rage et semble très mal à l'aise. De là à penser que c'est lui qui a caché la boussole de Michaël... il n'y a à mon avis qu'un pas ! Mais pourquoi ?

Je repense aussi à d'autres éléments qui m'indiquent que cet homme n'est peut-être pas droit dans ses bottes. D'abord, il a fait sa thèse de doctorat sur l'époque de Louis XIV, puis les lys sont ses fleurs favorites ; ce sont aussi les symboles de la royauté en France... Or le château découvert par Mike est rempli de bustes, de tableaux en rapport avec le règne de Louis XIV. Il est aussi entouré de lys... Et Monsieur Chapiseau, garde-chasse depuis plus de trente ans dans la forêt de Saint-Denis, en ignorerait l'existence... Ce ne sont peut-être que des coïncidences, mais dans ce cas, je les trouve assez troublantes. Je crois en savoir suffisamment pour affirmer que cet homme cache des vérités !

20 heures 50 ! Michaël, mon amour, j'ai peur pour toi. Je t'adore mon cœur. Reviens vite ! Rentre, je t'en supplie !

À toutes jambes, la nuit tombante, haletants, Steph et moi nous arrivâmes à Saint-Denis. La maison la plus proche sur le chemin de notre course folle était celle de mes grands-parents. Celle de Steph était à l'autre bout du village. Tant pis, il n'y avait pas le choix : c'est chez les vieux qu'il fallait aller. Je pissais le sang. Mon bras droit était rouge et mon t-shirt n'avait plus grand-chose de sa couleur blanche d'origine. J'enfonçai la porte et pénétrai dans le salon avec Steph. À ma vue, Amina et mamy poussèrent de grands cris. Mon grand-père resta impassible, les yeux exorbités, l'air en colère, tremblant.

— Un toubib ! Appelez un toubib, vite !

— Michaël, mon amour, qu'est-ce qui s'est passé ?

— Une histoire de dingues. On a retrouvé le château… On a été emprisonnés. On s'est évadés et je me suis coupé au bras en me jetant à travers une porte en verre ! On a failli mourir ! Steph est blessé à l'épaule. C'est fou. Appelez le toubib !

— Pas tout de suite !

— Comment, Charles ? Tu as vu l'état des garçons ?

— Un instant, Madeleine…

Nous étions médusés, cloués sur place par la stupéfaction. Mon grand-père ne se pressa pas pour aller vers le téléphone. Amina se jeta sur moi en pleurant et, inévitablement, rougit ses vêtements de mon sang. Je crevais de mal ! Elle enleva mon t-shirt puis tenta de me garrotter le bras avec un torchon de cuisine. Mon grand-père composa le numéro du médecin.

— Allô, Marc ?

— …

— Marc, c'est Charles. Tu peux venir de toute urgence au manoir ? C'est pour mon petit-fils. Il est blessé… Au bras droit ! Oui, il saigne beaucoup... Comment ? Eh bien... Il a fait une chute et est tombé dans une petite serre posée au sol. Une de ses connaissances s'est blessée aussi en voulant le relever. Tu arrives tout de suite ? Merci.

— Pourquoi cette comédie ?

— Pourquoi petit idiot ? Je vais te le dire ! Mais avant, suivez-moi tous. Marc sera là très vite.

Mon grand-père, plus glacial que jamais, nous entraîna au jardin où il disposait en effet de serre au sol sous lesquelles il élevait des herbes aromatiques : thym, persil, marjolaine...

— Regardez à présent...

D'un coup sec, le grand-père brisa une des serres avec son pied en plusieurs coups.

— Charles, ma ciboulette ! Pourquoi fais-tu cela ?

— Pourquoi ? Pour expliquer ce qui est arrivé... Ce qui est arrivé réellement ! Michaël a glissé sur le sol et est tombé le bras devant dans le verre ! Stéphane a voulu le relever et s'est blessé légèrement. Voilà ce qui s'est passé. Personne ne trouve à redire ?

Amina se plaça en face de lui, à quelques centimètres seulement de son visage respirant la dureté et la méchanceté.

— Si, moi j'ai à redire ! Pourquoi mentez-vous ? Pourquoi n'avez-vous jamais voulu croire Michaël quand il disait qu'il était entré dans ce château ? Vous avez vu son bras ?

— Pourquoi je mens, Mademoiselle ? Mais c'est très simple ! Parce que je suis adjoint au maire ! Parce que je suis le professeur émérite Charles Chapiseau de l'université de Reims. Parce que j'y fus doyen de la faculté de lettres, que j'ai un rang à tenir et une réputation à conserver. Parce que je suis membre du Rotary. Parce que je dois être réélu aux prochaines municipales. Parce que je ne veux pas que l'on croie que mon petit-fils est un fou ou un dérangé mental qui entre dans des bâtiments qui n'existent pas !

Je n'en revenais pas de tant de vanité, de mauvaise foi, de suffisance, d'arrogance et de méchanceté. J'étais dans une rage folle. Je ne pus me contenir.

— Écoute, sale vieux con : je suis entré avec Steph dans ce château de cinglés. On nous a retenus prisonniers durant des heures. On a voulu nous torturer et nous mettre à mort. Je suis blessé au possible et tout ce qui compte c'est toi ! Toi encore et toujours toi ! Tu me dégoûtes !

— Michaël, je vois que tu recommences tes insultes. Tes hallucinations d'être entré dans un château ne suffisent pas ? Voilà ce qui arrive quand on ingurgite de la drogue ! On divague et on s'automutile !

— De la quoi ? De la beuh ? Je n'ai jamais avalé un gramme de cette saloperie. C'est la vérité !

— Et vous, cher Stéphane, quand on parle de drogue, cela vous fait penser à quoi ?

Steph se demandait ce que mon grand-père lui voulait. Il l'apostropha.

— Ça veut dire quoi cette question ?

— Ce que je veux dire ? Que vous êtes n'importe qui ! Un dealer ! Un déchet de l'humanité ! Un détritus social qui commerce avec la drogue pour arrondir les fins de mois de sa minable et médiocre petite vie de futur clochard. Et cette drogue vous en avez fait prendre à Michaël qui depuis prétend voir des tours et des donjons au milieu des bois… Voilà ce que je veux dire. Et c'est aussi ce qui se dit jusque dans les locaux de la mairie de Saint-Denis… et dans les gendarmeries de Vouziers et de Grandpré…

Steph resta d'abord bouche bée. Il n'en croyait pas ses oreilles. Le grand-père avait un air suffisant au possible. La méchanceté, le mépris et la haine se lisaient dans ses yeux. Après quelques secondes, j'ai bien cru que Steph allait lui flanquer son poing dans la figure. Il se ravisa ;

il avait sûrement compris que mon grand-père n'attendait que cela pour disposer d'un élément à charge contre lui.

Amina intervint encore dans la discussion.

— Monsieur Chapiseau, oui l'ordure c'est vous ! Vous montez toute une histoire avec des accusations extrêmement graves pour vous protéger. Et en même temps, vous enfoncez Stéphane, vous brisez sa réputation alors que lui non plus n'a jamais touché à la came ! Ça suffit maintenant !

— Mademoiselle, calmez-vous et soyez polie ! Vous ferez, je n'en doute pas une excellente avocate pour défendre les cas sociaux et les délinquants... Vous êtes ici chez moi. Marc va arriver d'un instant à l'autre. J'attends de vous toutes et tous d'avoir l'obligeance de confirmer la version officielle que je lui ai déjà donnée. C'est clair ?

— Sinon ?

— Sinon, Michaël ? Ce cher Stéphane sera déféré sous peu devant la brigade des stupéfiants de Charleville-Mézières pour suspicion de trafic de drogue ! Parfaitement, j'ai assez d'influence et de relais pour permettre cela... Et si cela ne suffisait pas, peut-être que ses parents pourraient être inquiétés à leur tour...

— Je suis blessé au bras, mais je te jure que si tu fais ça, j'aurai encore assez de force pour te péter la figure en mille morceaux.

— La drogue t'égare Michaël, à moins que ce ne soit l'alcool, n'est-ce pas Stéphane ? Tiens, à propos, cher Monsieur Gardiez, l'employeur de votre père, c'est bien la société d'ascenseurs « Franlift » à Sedan, n'est-ce pas ? Ce serait fâcheux pour la position de votre cher petit papa si le patron de cette entreprise apprenait certaines choses sur les agissements du fils de son employé...

Steph, les yeux pleins de colère, lança violemment un crachat à la figure du papy qui s'essuya le visage rageusement, d'un vif revers de main.

— Vermine ! Tu me le paieras… Le moindre mot en dehors de ce que je vous ai dit et… vous savez ! Maintenant, rentrons. Marc va arriver.

Amina et ma grand-mère se mirent à pleurer. Elles m'enrobaient le bras de torchons de cuisine qui rougissaient aussitôt. Steph, abattu, nous regardait avec des yeux vides. Amina lui rinça sa blessure. Pour lui et moi, notre cauchemar se poursuivait. Nous nous serrâmes très fort. Ma grand-mère en quelques minutes semblait être devenue une petite vieille à la raison chancelante… Elle était hagarde. J'aperçus alors mon grand-père se saisir de mon t-shirt ensanglanté qu'Amina avait jeté au sol. Du bout des doigts, avec répulsion, il le déposa dans l'âtre et y bouta le feu affirmant qu'il était irrécupérable.

Le médecin sonna. Le vieux s'empressa de lui ouvrir et de le conduire jusqu'à moi à la cuisine.

— Bonsoir, Monsieur.

— Bonsoir.

— Vous vous appelez ?

— Michaël.

— Bonsoir, Michaël. Nous allons enlever les torchons… En effet : vilaines coupures. Je vous demanderai de passer votre bras sous l'eau courante dans l'évier afin que je visualise mieux les blessures.

Le docteur lava ma peau ensanglantée à grandes eaux tout en repérant les lacérations.

— Bon, essuyons cela comme on peut. Je vais vous envelopper le bras de bandes de gaze pour stopper les saignements. C'est arrivé il y a longtemps ?

— Euh…

— Plus ou moins dix minutes avant que je ne t'appelle, Marc.

— Seulement ? Vous avez pourtant l'air d'avoir perdu pas mal de sang. Vous pâlissez à vue d'œil. C'est peut-être le contrecoup. Je vais mesurer aussi votre tension artérielle.

Mon grand-père semblait se rendre compte que son ami Marc avait du mal à croire à l'histoire… Le docteur sortit le tensiomètre de sa trousse et me l'appliqua au bras gauche.

— Oh ! 10,6 ! C'est faible… Écoutez ! Il ne faut pas prendre de risques exagérés. Le bras est bandé pour stopper l'hémorragie, mais je vais vous demander d'aller aux urgences du centre hospitalier de Vouziers. Il n'est pas impossible qu'on vous fasse une transfusion. C'est plus prudent…

— Merci Marc. Je vais aller le conduire là-bas.

— Non, Monsieur Chapiseau. C'est moi qui irai avec ma voiture !

— Mais Amina, vous ne savez pas où se trouve la clinique à Vouziers !

— Steph, tu viens avec nous ? Tu nous montreras ?

— Bien sûr, Amina. Je vous accompagne tous les deux. Je ne vous laisse pas tomber dans des moments pareils.

Le vieux fulminait !

— Marc, combien mon petit-fils et son compagnon te doivent-ils pour ton intervention ?

— Rien du tout Charles ! Nous nous connaissons depuis assez longtemps. Je peux bien faire cela gratuitement pour toi et les tiens !

Et toc ! Bravo, le toubib !

Le médecin appliqua encore quelques sparadraps à Steph dont la blessure était sans réelle gravité. Il y alla d'une réflexion en se demandant comment il avait pu se blesser à l'épaule en me ramassant de la serre ! Steph ne répondit point… Mon grand-père était pris au dépourvu…

À l'hôpital, le médecin urgentiste ne jugea pas mon état préoccupant outre mesure. L'hémorragie arrêtée, on me fit quand même une transfusion par sécurité. J'avalai un puissant antidouleur. Par prudence, on me garda sur place pour que j'y passe la nuit. On me trouva une chambre à deux lits, mais où je serais le seul patient. L'infirmière de garde accepta qu'Amina et Steph passent la nuit avec moi dans la chambre. Je leur dis de rentrer se reposer, mais ils ne voulurent pas me laisser seul. C'est alors que Steph et moi nous narrâmes à Amina en détail tout ce qui s'était passé dans le château. Elle n'en revenait pas…

— Mais c'est digne d'un film de Spielberg ce que vous me racontez là ! Heureusement, vous êtes sains et saufs tous les deux ; c'est l'essentiel ! Il faudrait faire arrêter ces bandits !

— Oui Amina, je suis d'accord avec toi. Mais le plus important maintenant, c'est de préserver Steph et son père. Tu as entendu les menaces du papy. Il est capable du pire ! Il m'a fallu presque vingt ans pour m'en rendre compte.

En repensant à tous ces événements, à la méchanceté de mon grand-père, je me mis à me demander pourquoi il agissait de la sorte. Pourquoi cette haine et surtout pourquoi ne pas vouloir nous croire ? Avait-il des choses à cacher ? La tension était devenue si forte que je me mis à fondre en larmes. Je pris Amina par mon bras blessé et Steph dans l'autre. Je les approchai de mon visage pour les serrer et les embrasser tous les deux.

Ensuite, le brave Steph poussa le second lit près du mien afin qu'Amina puisse y passer la nuit. Elle pourrait ainsi me tenir la main. Steph voulut dormir dans le fauteuil de la chambre, mais Amina l'invita à la rejoindre à ses côtés. Elle voulait que nous soyons tous les trois unis jusqu'au bout dans cette épreuve. Couchée entre Steph et moi, elle prit nos mains à tous les deux, les serra fortement puis, épuisés, nous sombrâmes tout habillés dans le sommeil.

Au réveil, la douleur s'était quelque peu atténuée. Un autre médecin vint me rendre visite et m'emmena dans une salle où on enleva mes bandages. La cicatrisation avait commencé ; tout saignement avait cessé. Avec précaution, une infirmière m'enduisit le bras d'un produit désinfectant, puis on me posa de nouvelles bandes de gaze pour vingt-quatre heures. On m'indiqua que je pourrais les ôter le lendemain matin et me représenter le jour même après-midi à la clinique pour un contrôle. On mesura à nouveau ma tension artérielle ; elle avait repris des couleurs, elle aussi. Nous pouvions alors quitter l'hôpital.

— Amina, Steph, avec tout ce qui s'est passé, il est hors de question qu'on continue à loger chez les grands-parents ! On va essayer de trouver un hôtel pas trop cher dans le coin. T'en connais un, Steph ?

— Oui : l'auberge « Chez Steph » à Saint-Denis !

— Sûr ?

— Évidemment, je suis encore seul une semaine. Mes parents sont en vacances chez ma sœur ; elle est devenue instit à Bray-Dunes.

— Amina, ça te dit mon cœur ?

— Bien sûr. Merci, Steph. Tu es un véritable ami pour nous.

— Ne me remerciez pas, c'est normal.

— T'es plus qu'un ami pour moi, Steph : t'es le frangin que je n'ai jamais eu.

Du siège du convoyeur, des larmes plein les yeux, je serrai vigoureusement la main de Steph, très ému, qui en fit de même et pleura à son tour.

— Ceci dit, il n'y a pas le choix : les fringues d'Amina et les miennes sont chez le vieux… On va devoir aller les chercher.

— Pas de problème, Mike. On va y aller immédiatement ; comme ça s'est réglé tout de suite.

Arrivé au manoir, je sonnai. Ma grand-mère m'ouvrit et m'embrassa en sanglotant. À elle, je n'en voulais pas. Je pense même qu'elle était victime de son mari, autant que moi. Le vieux était en promenade. J'expliquai que nous venions reprendre nos bagages. Elle comprit fort bien et n'y marqua aucune opposition. Elle ajouta qu'elle n'avait prévenu mes parents de rien. Dans la chambre où Amina et moi avions logé, nous rangeâmes tous nos effets dans nos sacs. Au passage, j'en profitai pour piquer la collection des Michel Vaillant du vieux. Après tout, je ne les avais pas volés ces albums ! C'étaient des BD un peu démodées, mais elles m'avaient bien plu. J'embrassai mamie qui me demanda de lui promettre de venir la revoir. Je lui répondis que oui, mais sûrement pas dans sa maison. Ma grand-mère embrassa Amina à qui elle dit souhaiter la revoir aussi. Elle lui demanda son numéro de portable, se confondit en politesses. Elle alla jusqu'à embrasser Steph aussi ! Ensuite, nous nous rendîmes chez lui où Amina et moi allions occuper la chambre de sa sœur.

Nous prîmes une bonne douche. Amina rentra avec moi dans la cabine pour m'aider à me laver le corps et les cheveux, car je devais tenir mon bras bandé en dehors du jet d'eau. J'enfilai ensuite un nouveau t-shirt blanc. Avec la gaze et le t-shirt, j'avais presque les allures du Bibendum de chez Michelin !

Nous ne voulions pas profiter de l'hospitalité de Steph sans contrepartie. Nous allâmes donc dans un supermarché de Vouziers, ouvert en ce dimanche matin, pour faire quelques courses : céréales, yaourts, lait, pain, thon en boîte, crêpes bretonnes, confitures, ravioli, cassoulet en conserve, puis viande, salades et pinard pour un barbec le soir.

Journal d'Amina
Samedi 10 juillet 2021

Stéphane et Michaël m'ont raconté en détail leur visite dans ce château hanté par des fous. Mes soupçons se confirment. Je commence à être convaincue que le grand-père de Mike joue un sale rôle dans cette histoire.

En effet, le scénario que le papy a monté en un clin d'œil (la chute dans la serre et les blessures) prouve qu'il ne veut pas que la vérité sorte. Pourquoi ? Je n'en sais encore rien ! Je pense qu'il s'est inconsciemment trahi : il connaissait parfaitement l'existence de ce château ! Les menaces contre Steph et son père, les rumeurs de drogue sont des épées de Damoclès qu'il fait peser sur eux pour le cas où le secret serait révélé ; c'est apparu très clairement. Mike et Steph m'ont indiqué aussi que Louis XIV et ses sbires étaient ravitaillés discrètement par des chasseurs… Curieuse coïncidence quand on sait que Charles Chapiseau est le président de toutes les sociétés de chasse de la région… Je n'oublie pas non plus sa précipitation à brûler le t-shirt ensanglanté de Mike ; c'était comme s'il voulait faire disparaître une pièce à conviction. Et Louis XIV qui savait que Mike et Steph allaient venir, qui connaissait leurs noms. Par qui a-t-il su tout cela ? Par le grand-père qui en avait été informé la veille au dîner ? J'en ai la certitude.

Ces péripéties ont provoqué en moi certains bouleversements. J'aurais souhaité pouvoir être avec eux dans le château et participer à leur histoire. Ce jour, je suis amoureuse de Michaël comme jamais je ne l'ai été auparavant. Et ce qu'il y a d'étrange aussi, je sens que je tombe amoureuse de Stéphane en même temps. Je me demande si ce n'est pas de leur aventure, de leur amitié, de leur complicité que je suis éprise…

Il restait à Amina et moi à passer une semaine encore à Saint-Denis, avant de rentrer en Île-de-France. Dans une semaine, mon boulot des vacances commencerait à Carrières. Steph, lui, avait obtenu un job pour un mois dans l'usine de son père. Inévitablement donc, les vacances dans les Ardennes allaient finir à la mi-juillet pour nous tous.

Je ne pus disputer le match de l'après-midi en raison de mes blessures, trop fraîches encore pour prendre des risques. Steph, lui, prit part au jeu, comme si rien ne s'était passé. C'est donc en spectateurs qu'Amina et moi assistâmes aux exploits de l'équipe locale qui, cette fois, l'emporta 1-0. Les joueurs et les autres copains de Steph, en me voyant accoudé aux barrières en bordure du terrain, purent se rendre compte *de visu* à quel point il pouvait s'avérer extrêmement dangereux de s'aventurer dans un potager où se trouvent des petites serres au sol…

Durant le match, mon esprit commença à vagabonder. Il était bien sûr dans les bois, dans le château avec Louis XIV, son prieur et ses laquais. Je n'avais plus envie de revoir la forêt. Je commençai à me désintéresser de plusieurs choses. C'est ainsi qu'à la mi-temps, j'annonçai à Amina que je ne voulais pas retourner à Carrières travailler à initier les jeunes aux sports. Les récentes aventures m'avaient donné l'envie de poursuivre l'été avec ma chérie à Paris. Après tout, c'était la première fois que nous avions l'occasion de passer toute la belle saison ensemble. Amina voulut m'en dissuader, arguant que rencontrer des jeunes chaque jour me ferait le plus grand bien, me changerait les idées. Mais c'était d'elle et de Steph dont j'avais besoin. Lui étant pris jusqu'au quinze août, il ne me restait qu'elle. J'avais envie de la serrer dans mes bras, de marcher dans Paris vidé de ses habitants en lui tenant la main, de l'embrasser dans les squares et les parcs, de manger des crèmes glacées, de lui faire l'amour le soir venu.

Je demandai à Amina si elle accepterait que l'on passe cette période dans son studio à Nanterre. Elle avait mieux à me proposer… Comme son père serait durant plusieurs semaines à Marseille et à Tunis pour ses affaires, l'appartement dans le douzième serait libre. Nous pourrions l'occuper et, de ce pied-à-terre, rayonner en ville. Marché conclu ! Il fallait bien sûr que je ne tarde pas à prévenir la mairie de Carrières de mon absence… Je le ferais le lendemain à la première heure.

À l'approche du soir, je téléphonai à mes parents pour leur annoncer que je ne souhaitais pas rentrer à la maison.

— Allô ! Salut, m'man…

— Bonsoir, Mickey. Ça se passe bien les vacances, mon grand ?

— Oui, super !

— J'ai eu papy en ligne ce matin. Il m'a dit que tu étais tombé dans une serre du potager…

— Oui…

— Ce n'est pas trop grave, j'espère ?

— Non, rassure-toi, ça cicatrise bien. Je vais demain à l'hosto pour une vérification.

— Pourquoi ne nous as-tu pas téléphoné ?

— Je ne voulais pas vous déranger pour si peu. Ce n'est pas bien sérieux, je t'assure.

— Tu rentres dimanche prochain comme convenu ?

— Non, c'est justement pour ça que j'appelais…

— Ah bon !

— Je vais passer le reste de juillet chez Amina avant de descendre dans le Languedoc avec les potes.

— Mais… Et ton job ici à Carrières ?

— J'irai pas. Je vais téléphoner demain à la mairie pour les prévenir…

— Michaël, tu te rends compte ? Tu vas mettre ton père dans l'embarras ! C'est grâce à lui que tu as pu obtenir ce boulot de vacances…

— Pas de problème. Je vais régler ça…

— Écoute ! Papa est ici à côté, je lui explique et je te le passe.

Ça y était ; je sentais que j'allais à nouveau ramasser un fameux savon.

— Michaël !

— Ouais, p'pa…

— Qu'est-ce que j'apprends ? C'est quoi cette histoire ?

— Je vais loger chez Amina jusqu'à…

— Pas question ! Tu rentres dimanche prochain et tu vas aller travailler au centre sportif dès lundi matin ! Qu'est-ce que le maire va dire sinon ?

— Je vais m'excuser demain. Il me trouvera un remplaçant. C'est pas les entraîneurs qui manquent à Carrières !

— J'aurai l'air de quoi si je le rencontre en ville ? As-tu au moins pensé à ça ? C'est hors de question ! J'exige que tu rentres et que tu y ailles !

— Non !

— Si ! Tu iras !

— Je suis majeur ! Je fais ce que je veux ! T'as plus rien à me dire…

— Tu veux me faire passer pour un idiot ?

— Pas besoin, t'en es déjà un !

— Grossier ! Papy n'a fait que se plaindre de toi ce matin. Tu as été infect tout le séjour. Tu l'as insulté de tous les noms, jeté la soupe de mamy dans les bois. Il pense même que tu lui as volé du vin dans sa cave ! Tu as emménagé chez un futur taulard ! Quand vas-tu arrêter tes conneries et devenir adulte ? Tu vas rentrer et sans faute ! Je te l'ordonne !

C'était la goutte faisant déborder le vase ! Mon père, remonté par le papy, voulait la guerre ! Il allait l'avoir…

— Je t'ai dit non ! Je n'ai plus aucun ordre à recevoir de toi ! Et tu vas me foutre la paix, entendu ?

— J'exige que tu préviennes le maire en personne si c'est ainsi…

— Non ! Je préviendrai l'administration, c'est déjà bien…

— C'est hors de question ! Tu veux nuire à ma réputation…

— J'ai déjà entendu ça quelque part !

— Où ?

— Chez ton propre père !

— Tu vas prendre le premier TGV et rentrer ici. C'est un ordre !

— Jamais ! Si je repasse chez vous, ce sera pour reprendre mes affaires et foutre le camp définitivement. Voilà !

— Quoi ! Je… Je… Je vais me renseigner pour te déshériter… Tu n'auras plus un euro ! Cela fait des années que maman et moi nous supportons tes mauvais résultats scolaires, tes matchs à la con, ta musique à fond, tes copains ravagés, tes sorties la nuit, tes coucheries à gauche et à droite…

— C'est ça. Maintenant, je te laisse. J'ai plus important à faire : un spaghetti pour ce soir !

— Tu te moques de moi ?

— Tout à fait ! Ciao !

Et je raccrochai, excédé. L'honneur, le fric, le paraître et la réputation ! Il n'y a donc que cela qui comptait chez les vieux Chapiseau ! Dix minutes plus tard, je reçus de mon père un texto indiquant que tous les vivres m'étaient coupés, tant l'argent de poche que les frais d'études ! Le salaud !

Je me sentis tout d'un coup abattu. Je n'avais franchement pas reçu de bonnes nouvelles depuis le début du mois. J'en étais déprimé. Je me sentais mal. Steph et Amina m'entourèrent et m'embrassèrent pour me consoler, puis on se mit à préparer le repas.

Le lundi matin, j'appelai le secrétariat municipal de Carrières-sur-Seine. On me passa le service des sports. La responsable était furieuse, me dit que je mettais la ville dans le plus grand embarras. J'eus alors en une fraction de seconde une idée lumineuse. Je racontai à l'employée que j'étais tombé dans une serre, que mes blessures étaient encore fraîches et que le médecin m'interdisait toute activité tant que la cicatrisation n'était pas plus avancée. Merci, papy ! Elle se calma alors, mais comme un contrat avait été signé, elle exigea que je produise un… certificat médical. Je m'y engageai. Je n'avais guère le choix ! Qu'avais-je fait pour être embêté à ce point ?

Heureusement, le jour même à quatorze heures, j'avais rendez-vous à la clinique de Vouziers pour la visite de contrôle. Le médecin urgentiste qui m'avait reçu le samedi précédent jugea l'évolution favorable et me dit que je pouvais reprendre des activités physiques… Raté pour le certificat ! Steph me conseilla alors d'aller voir Marc Barnier, le copain toubib de mon grand-père… Je me rendis donc à ses consultations du soir. Je prétextai avoir fort mal encore, des douleurs musculaires dans le bras, l'épaule et même le dos. Il ne fit aucune histoire et me délivra un certificat aussitôt. Il ne put s'empêcher de revenir sur l'histoire de la serre… en rigolant franchement ! Je souris simplement. Il avait bien compris, si besoin était, que l'histoire à dormir debout inventée par le papy ne tenait pas la route ! Le lendemain matin, je pus me rendre au bureau de poste pour envoyer le document à Carrières ! Une bonne chose de réglée…

Nos journées se passèrent ensuite à l'identique. Comme des lézards en Provence, nous nous prélassions dans le jardin, sur la plage du lac de Bairon ou en bordure de rivière. Nos menus se résumaient aux spaghettis, aux barbecues, aux raviolis en boîte, mais que nous étions heureux…

Le mardi, Steph nous fit découvrir les villages entourant la grande forêt. Amina, assise à l'arrière de sa voiture, fut une assez fine observatrice.

— Nous sommes le treize aujourd'hui. Demain, nous serons donc le jour de la fête nationale. Rien ne vous frappe quand on traverse les villages ? Mike ?

— Non… Rien de spécial. C'est calme, c'est tout. Pas un chat dans les rues…

— Justement, une veille de quatorze juillet, ce n'est pas un peu trop calme ?

— Qu'est-ce que tu veux dire ?

— Mike, es-tu déjà allé en vacances en France, dans n'importe quelle région, à la période de la fête nationale ?

— Euh oui, l'an dernier justement ! C'était en Normandie, près du Mont-Saint-Michel.

— Il y avait des animations ?

— Oui ! Je me souviens d'un feu d'artifice sur la plage et d'un bal dans le patelin où j'étais.

— Moi, je me trouvais l'an dernier au même moment près de Biarritz. Pareil : des animations dans toute la région… Steph, toi qui es du coin, ça a toujours été comme ça à cette période ?

— Oui, toujours. Je n'ai pas le souvenir de bals populaires dans les patelins. Jamais de petits drapeaux, non plus. Il y avait des festivités dans les villes : Rethel, Mouzon, Sedan… mais autour de la forêt, jamais !

— Et dans les autres villages du département ?

— Oui, affirmatif ! Mais pas par ici… Pourquoi tu me demandes ça ?

— Parce que je trouve ça curieux. Vous êtes tombés dans un château dédié à Louis XIV en plein dans les bois et dans les localités autour de cette forêt, on ne célèbre pas le quatorze juillet… Pas d'affiches, pas de décorations, pas de bals, seulement des fanions sur les bâtiments officiels. Comme si on voulait imiter Louis XIV et sa clique : nier et liquider la république !

— Bien observé. Avant de vivre notre aventure, je n'y aurais jamais pensé…

— Steph, est-ce que les gens sont royalistes dans le coin ? Ils votent à droite ?

— Tu sais, moi, la politique… Je ne m'y connais pas trop. Globalement, ils sont plutôt conservateurs. Je sais que chaque année, à plusieurs, ils vont à Varennes à une messe en mémoire de Louis XVI. Le grand-père de Mike y assiste toujours.

— C'est étrange. C'est comme si l'atmosphère de ce château débordait sur les villages des environs. Ce n'est peut-être qu'une coïncidence…

Journal d'Amina
Mercredi 14 juillet 2021

Hier soir, quelque chose de plus fort que tout a fini par nous unir. Les garçons racontaient encore et toujours leur histoire comme de grands gamins en admiration devant leurs exploits. J'ai alors été saisie d'une force incontrôlable. Je les ai pris tous deux, chacun dans un de mes bras et j'ai rapproché leurs lèvres des miennes. Ils avaient compris sur l'instant et on s'est embrassé à trois. Mike ne nourrit aucune jalousie vis-à-vis de Stéphane ; au contraire, il a encouragé mon geste. Le soir dans la pénombre de la chambre de Steph, on s'est couché tous ensemble. Je me suis installée au milieu d'eux. Ils m'ont couverte de baisers ; j'ai caressé longuement leurs corps nus. Les événements nous avaient rendus complices. Mike ressentait un intense bonheur, Stéphane était au paradis. Doucement, on s'est adonné à trois aux plaisirs de l'amour.

Plus tard dans la nuit, Steph et Mike ont passé leurs bras au-dessus de ma tête et se sont caressé les cheveux. J'ai voulu me montrer discrète et respecter l'aventure qu'ils ont vécue à deux et qu'ils n'oublieront jamais tant elle les lie l'un à l'autre. Je me suis retirée. De la chambre voisine, je les ai entendus atteindre l'extase. J'étais remplie de joie pour eux et pour moi. J'ai pleuré… Michaël, Stéphane, je suis fière et folle de vous, mes amours…

III

— Allô ! Amina Al-Ahmed… Ah, c’est vous ! Bonjour mamy. Comment allez-vous ? … Ah bon ! Qu’est-ce qui ne va pas ? … Oui, il est près de moi. Nous achevons de dîner… Non, non… D’accord, mais… Pardon ? Qu’est-ce que vous dites là ? … Ce n’est pas possible ! C’est pas vrai…

— Amina, qu’est-ce qui se passe ?

— C’est ta grand-mère, Mike !

— Oui, je sais ! C’est grave ?

— Attends ! Oui mamy ! … Oh, c’est pas vrai !

— Amina, tu pleures ! Qu’est-ce qu’il y a ? Dis-le-moi !

— Un instant, Mike… Oui, bonsoir, mamy. Je… Oui, je vais le lui dire… Au revoir.

— Amina, dis-moi ce qui se passe !

— Oh, Mike, c’est terrible, terrible ! Viens dans mes bras et sois courageux…

— Je parie que mon grand-père est mort !

— Non pas lui !

— Qui alors ?

— Tu ne me croiras pas ! Steph ! Il est mort !

— C’est pas vrai ! Amina, tu as mal compris ! C’est pas possible !

— Si, Mike, si ! On l’a… On l’a assassiné !

— Quoi !

— Laisse-moi te serrer très fort.

— Amina, c’est pas vrai ?

— On l’a retrouvé près de la forêt… On l’a… On l’a tué d’une balle en pleine tête !

— Qui ?

— On ne sait pas !

— Amina ! Amina !

Je me mis à hurler et à éclater en sanglots. Steph mort ! Dix-neuf ans, comme moi. Ce n'était pas croyable ! Qui avait pu le tuer ? Steph, mon ami d'enfance !

Lorsque je repris un peu mes esprits, le choc une fois passé, je recontactai ma grand-mère. Elle ne me donna pas beaucoup plus de détails. On avait en effet retrouvé le corps de Steph dans la campagne, une balle logée en plein crâne. On ne connaissait pas l'auteur du meurtre. Mamy n'avait aucune autre information à me communiquer. Elle promit de m'en dire davantage dès que d'autres éléments lui parviendraient. Pour Amina et moi, le cauchemar se poursuivait. Elle aussi pleurait toutes les larmes de son corps. Inévitablement, nous repensions à tout le bon temps partagé récemment encore, à notre nuit d'amour à trois, puis à nous deux, à un tas de souvenirs et de bonnes choses…

Malgré l'émotion, malgré mes larmes et ma détresse, je pris le téléphone pour contacter Marianne et François, les parents de Steph. Ils étaient sans mots. Ils ne m'apprirent rien de plus. Je leur dis que je les aimais, j'annonçai notre venue pour le lendemain. Puis je pleurai tellement que je dus leur dire au revoir et raccrocher. Amina s'effondra à son tour.

À la une du journal « L'Écho des Ardennes »
Vendredi 30 juillet 2021

« De la drogue dans les Ardennes : un mort à Saint-Denis ! »

À la page 2 du journal « L'Écho des Ardennes »
Vendredi 30 juillet 2021

« Règlements de comptes entre trafiquants de drogue dans les Ardennes ? »

Notre département ne semble plus être le havre de paix protégé qu'il était. Des règlements de compte entre dealers se font jour, semble-t-il. Hier en fin d'après-midi, la gendarmerie de Vouziers s'est rendue aux alentours du village de Saint-Denis pour constater le décès d'un jeune de 19 ans : Stéphane Gardiez. Le corps de ce dernier a été retrouvé à l'orée des bois de Saint-Denis. L'intéressé est décédé d'une balle en pleine tête. La raison de cette mort ne peut être imputée à un suicide, car aucune arme n'a été repérée à proximité du lieu du drame. Quelle en est alors la cause ?

Des rumeurs persistantes couraient depuis un certain temps dans la région : le jeune homme se droguait et entretenait un trafic avec des dealers. D'où ceux-ci pouvaient-ils provenir ? D'aucuns pensent que la Belgique toute proche pourrait abriter ces odieux personnages. Ceux-ci se fourniraient, semble-t-il, à Maastricht, ville néerlandaise située à plus ou moins 300 kilomètres de Rethel et Vouziers. Même si l'enquête sur ce décès ne fait que commencer, les premiers éléments en provenance de la police et du procureur de la République à Charleville-Mézières semblent aller dans le sens d'un règlement de compte entre bandes rivales de dealers ayant du mal à se partager les reventes de drogue dans la contrée. Stéphane Gardiez aurait pu appartenir à l'une d'elles. Le jeune homme était bien connu dans la région : il était capitaine de l'équipe locale de football et faisait des études d'informatique à Charleville.

Dans le village de Saint-Denis, l'émotion est grande et la stupéfaction est générale. En l'absence du maire Bernard Lardatte, en vacances à Juan-les-Pins, le premier adjoint, Charles Chapiseau nous a déclaré : « Cet événement dramatique montre à quel point il est nécessaire à présent de sensibiliser les jeunes de notre région aux risques que peut engendrer le fléau de la drogue. Protéger nos enfants est un devoir absolu. Je me suis entretenu par téléphone avec Monsieur le Maire, en séjour sur la Côte d'Azur. Il va écourter ses vacances et revenir dans deux jours chez nous. Il a déjà accepté l'idée que je lui ai proposée : une conférence à la rentrée de septembre sur la drogue et ses dégâts. Tous les jeunes de la commune et leurs parents y seront invités. »

Nous reviendrons bien sûr dans nos prochaines éditions sur ce drame et sur le halo de mystère qui l'entoure.

Les funérailles de Stéphane Gardiez se tiendront le lundi 2 août à 15 heures dans la salle communale de Saint-Denis au cours d'une cérémonie laïque.

Nous quittâmes Paris le lendemain après le déjeuner. Je n'avais pour ainsi dire rien pu avaler depuis que j'avais appris la nouvelle la veille. C'est Amina qui prit le volant. Durant le trajet sur l'autoroute, je continuai à me demander si tout ce que je vivais était bien réel. Il me semblait qu'en arrivant à Saint-Denis je continuerais à voir Steph, comme toujours... Mais non, c'était bien la réalité : Steph avait quitté le monde des vivants. En arrivant chez ses parents, je ne verrais plus son sourire ; il ne m'ouvrirait plus la porte, je n'irais plus jamais m'élancer sur le terrain de foot avec lui...

Pour la première fois, en arrivant à Saint-Denis, je ne me rendis pas au manoir, mais directement chez Marianne et François. Mon cœur battait très fort ; celui d'Amina aussi, je crois. Comment ses parents et sa sœur iraient-ils ? Qu'allions-nous pouvoir leur dire ? Comment réagir ? Quels moments atroces nous allions vivre ! Mais ceux-ci n'étaient rien en comparaison de ceux que sa famille vivait depuis l'annonce du décès...

La porte de la maison était grande ouverte. Chacun pouvait entrer librement, sans protocole ni manières, pour se recueillir devant le cercueil et présenter ses condoléances. Lorsque les parents de Steph nous aperçurent, ils vinrent à notre rencontre. Ils ne connaissaient pas encore Amina, mais se doutèrent qu'elle était mon amie. Arrivé à leur hauteur, spontanément, Marianne et François me prirent dans leurs bras et pleurèrent, tout comme moi. Amina pleurait aussi, essayant tant bien que mal de retenir ses larmes, voulant se montrer forte pour pouvoir accueillir ma tristesse, mon malheur et celui des parents de Steph. Nous ne sûmes quoi nous dire. Était-ce d'ailleurs bien nécessaire ? Marianne me serrait fort contre elle et me caressait les cheveux tout doucement comme si elle retrouvait son fils en moi. Elle répétait « Mon petit ! Mon petit ! », s'adressant sans doute autant à son enfant qu'à moi-même. François embrassa Amina et lui sourit.

Nous pénétrâmes alors dans le salon où se trouvait le cercueil de Steph. À sa vue, nous fûmes comme paralysés, à nouveau incrédules. Une petite plaque en plastique était apposée au bas mentionnant simplement son nom et son prénom. Nous étions quatre dans la pièce. De la cuisine venaient des voix, celles d'autres visiteurs. Valériane, la sœur de Steph, nous rejoignit, éplorée elle aussi. Elle nous embrassa.

Les parents de Steph abordèrent les premiers la question du drame qui s'était joué. Ils n'en revenaient pas, bien sûr. Il m'a semblé que, pour eux, la façon dont était mort leur fils dépassait en importance le décès proprement dit ; je pouvais les comprendre. C'était tellement incroyable ! Le papa me prit par les épaules, me regarda fixement d'un regard profond comme pour me sonder, tout en portant sur moi un regard bienveillant. Je sentais dans ses yeux et ses gestes qu'il retrouvait un peu en moi son garçon disparu.

— Michaël, toi qui étais un grand copain de Steph, dis-nous, il ne se droguait pas, hein ?

— Bien sûr que non, François, bien sûr que non !

— Tu me le jures ?

— Oui, je te le jure, François. Steph a toujours été un mec super clean ! Jamais il n'aurait fait ça, jamais !

— Pourquoi alors ces rumeurs, ces calomnies ?

Je me sentis mal. Je savais d'où venaient les mensonges. Que faire ? L'avouer ? C'était mettre l'emploi de François en danger... Mon grand-père ne le raterait pas ! Je repensais tellement aux provocations proférées le soir de notre retour du château. François me serra contre lui, perdu d'incompréhension, incapable d'imaginer un instant que les ragots entourant le décès de son fils puissent contenir un infime soupçon de vérité... Et moi, intérieurement, j'étais en ébullition. Je sentais que si mon grand-père avait été en face de moi, je lui aurais cassé la figure, je l'aurais tué. Je me demandais bien quel rôle exact il avait pu jouer dans le colportage des contre-vérités. Était-il complice ou simple rapporteur ? Était-il éventuellement l'initiateur ? Ses menaces avaient-elles eu les effets que l'on sait ? Je me torturais mentalement avec toutes ces questions pour lesquelles je ne recevrais probablement jamais de réponse…

Marianne nous quitta un instant, s'en alla vers la cuisine puis revint avec, à la main, l'édition de samedi du journal régional.

— Regarde un peu Michaël, les crasses qui ont été écrites dans ce canard ! C'est comme si on voulait tuer Stéphane une deuxième fois… et nous avec !

Amina et moi ouvrîmes la gazette pour lire l'article indiqué par Marianne.

À la page 2 du journal « L'Écho des Ardennes »
Samedi 31 juillet 2021

« Saint-Denis sous le choc ! »

Notre édition d'hier a relaté ce terrible drame qui s'est joué jeudi dernier dans la campagne de Saint-Denis où la gendarmerie a retrouvé le corps du jeune Stéphane Gardiez (19 ans) abattu d'une balle en pleine tête. Les pistes explorées par la police et le parquet semblaient hier déjà se diriger vers un règlement de comptes entre bandes rivales de trafiquants de drogue. L'enquête n'a pas pu réellement progresser en vingt-quatre heures. Néanmoins, à Saint-Denis, même si les avis sont partagés et contradictoires, certaines langues se délient… Notre journal s'est rendu dans la petite localité forestière pour rencontrer quelques habitants.

Il en va ainsi de Thomas, 18 ans, membre de l'équipe de foot dont Stéphane Gardiez était le capitaine : « Je ne peux pas croire que Stéphane se soit livré à un trafic de drogue et encore moins qu'il en ait consommé. C'était un vrai sportif qui avait une très bonne hygiène de vie. Dans notre équipe, c'est la consternation ! On se demande s'il ne s'agit pas d'un cauchemar. Avec Steph, nous perdons un excellent joueur, mais aussi un super copain. La tristesse est immense. »

L'avis de Julienne, 93 ans, va dans un tout autre sens : « Je ne sais pas exactement ce qui s'est passé, mais plus rien ne m'étonne. Après les matchs de football, tous ces jeunes se livrent à de la débauche. Ils sont saouls, roulent comme des fous avec leurs bolides, poursuivent les filles et se conduisent mal. On ne voit jamais les gendarmes dans ces cas-là ! Si ce n'est pas de la drogue, alors c'est l'alcool qui fait des dégâts. De mon temps, les jeunes allaient aux vêpres ou au salut. Ils n'ont plus de respect de rien. Ils ne parlent plus que de préservatifs et de pilules ! Pauvre Saint-Denis : un village si calme ! Voilà que la drogue y arrive ! »

Autre témoignage d'un habitant du village souhaitant garder l'anonymat : « Bien sûr que c'est la drogue ! Cela faisait plusieurs jours que le bruit courait à Saint-Denis. Il n'y a jamais de fumée sans feu. Il faudrait une bonne guerre pour remettre tous ces sales jeunes dans le droit chemin. Nous n'avions pas besoin d'une publicité pareille chez nous. Je suis sûr que ce meurtre n'est qu'un début et que nous devons nous attendre à bien des révélations dans les semaines à venir. J'avais interdit à mes enfants de fréquenter le club de football depuis que ces bruits couraient. Je m'en félicite à présent. C'est Zemmour qu'il nous faut à l'Élysée ! »

Contacté par téléphone, le Maire, Bernard Lardatte, forcé d'écourter ses vacances, est plus prudent : « Je ne sais pas exactement ce qui s'est passé. L'enquête policière menée en ce moment devrait nous en apprendre plus. Tant qu'il n'y a pas de résultats définitifs, je me refuse à tout autre commentaire. »

Le premier adjoint au maire, Charles Chapiseau, est lui plus précis : « Depuis quelques semaines, j'assume les fonctions de maire en l'absence de Monsieur Lardatte. Dès que les premières rumeurs faisant état de trafics de drogue me sont parvenues, j'en ai immédiatement informé la police, la préfecture et le parquet de Charleville-Mézières. J'ai ainsi rempli mon devoir d'élu et de responsable de la sécurité locale. Je suis aussi président des sociétés de chasse du pays et, régulièrement, lorsque je me rends dans les bois, je croise des véhicules circulant très vite, faisant de rapides demi-tours, roulant sans phares ; tout cela me semble de plus en plus louche et je suis sûr que des choses bizarres se trament sur le territoire de la commune. De la drogue, oui, je pense bien qu'il y en a. Évidemment, mon honnêteté intellectuelle et mon intégrité, que mes concitoyens me reconnaissent depuis des années, m'interdisent de l'affirmer, mais je peux le croire très sincèrement. Bien sûr, en ces pénibles moments, mes pensées vont en premier lieu vers les parents du défunt que je connais très bien et que j'apprécie beaucoup. Je leur adresse mes plus sincères condoléances et toutes mes amitiés. »

Notre journal ne manquera pas de communiquer ultérieurement les éléments de l'enquête en cours dès que ceux-ci seront rendus publics. Si certains à Saint-Denis souhaitent faire des révélations ou donner des témoignages, qu'ils n'hésitent pas à contacter notre rédaction. Notre souci d'aider la justice à faire toute la lumière sur cette affaire est notre priorité absolue.

Amina et moi, nous nous regardâmes, écœurés. Le torchon imprimé faisait dans le « people », se donnait une respectabilité alors qu'il relayait un tas de témoignages sans queues, ni têtes, recueillis stupidement par un pseudo journaliste chez quelques incultes. Quant aux propos de monsieur le premier adjoint au maire, ils étaient d'une hypocrisie crasse, aussi inouïe qu'affligeante ! Amina ne put se retenir.

— C'est à vomir ! Et ce sont des journalistes qui écrivent ça ! Des chroniqueurs à la rubrique des chiens écrasés, ça sûrement ! Mais les cabots, ce sont eux ! Je me demande de quelle école de journalisme ils peuvent sortir pour agir ainsi…

— Marianne et moi, quand on a lu ça, on a failli aller à la rédaction à Charleville. Nous étions enragés. Ce n'est pas humain de faire ça à des parents. Marianne en a pleuré toutes les larmes de son corps.

— Oui, j'en ai pleuré. Ce qui me fait le plus mal, c'est le témoignage anonyme. Quel courage ! Il y a des gens qui ne sont capables que de salir et de blesser. Et cette vieille folle de Julienne ! Elle perd la tête depuis des années et c'est elle qu'on va interroger… Tu ne la connais peut-être pas ; elle habite à cent mètres de chez tes grands-parents…

— À propos, Michaël, ton grand-père… Tu as lu son témoignage aussi…

— Oui, François, c'est à dégueuler. Il est vachement gonflé de dire ça alors qu'il ne vous parle plus. Steph m'en avait touché un mot. J'ai rompu les ponts avec lui il y a quelques semaines. Ce type me dégoûte !

— Et ta grand-mère ?

— Avec elle, j'ai encore des contacts. Elle n'est pas du tout comme lui…

— Venez boire une tasse de café tous les deux ! À propos, j'y pense : les jeunes du village organisent une réunion ce soir à vingt heures à la salle. Ils se regroupent parce qu'ils veulent rendre un hommage à Steph lors de l'enterrement. Jérémy est venu ce matin. On lui a dit que vous arriveriez ici dans la journée. Il a demandé si vous vouliez bien passer aussi ce soir…

— OK ! Bien sûr, on ira.

— François et moi, nous voulons une cérémonie très simple. Le maire nous a proposé de faire un discours d'hommage. Nous avons refusé. Il nous a dit que le conseil municipal serait là, mais c'est tout. Nous préférons que les amis de Stéphane lui rendent un petit hommage, mais surtout pas les politicards !

Vers vingt heures, Amina et moi arrivâmes à la salle des fêtes du village. Les jeunes étaient réunis sous la houlette de Jérémy, président de leur club. Quelques-uns étaient rentrés de vacances suite à l'annonce de la mort de Steph. L'émotion était vive dans le local. Beaucoup pleuraient et ne voulaient pas encore y croire… Jérémy ouvrit la réunion. Il rappela les souhaits de Marianne et François d'une cérémonie laïque et sans fioritures inutiles. Il posa la question du laïus d'adieu à Steph…

— Voilà, est-ce que quelqu'un parmi nous se sent de taille à écrire un discours et à le lire publiquement lundi à la cérémonie ?

Personne visiblement n'osait accepter l'invitation. Embarrassé, Jérémy embraya…

— Mike, toi, tu as bien connu Steph. Vous êtes grands copains depuis des années. Tu te lancerais ?

— C'est vrai que Steph était un grand ami pour moi. Mais, vous savez, écrire un discours, c'est dur et le lire dans ce genre de circonstances, je ne m'en sens pas capable. Je pense que je ne pourrai pas prononcer un seul mot et que je vais chialer.

— OK, je te comprends, bien sûr. Mais tu vois, nous ici on est des filles et des mecs simples : on est encore tous au lycée. Toi, t'es à la fac ! Tu sais sûrement mieux écrire que nous…

— Vous n'êtes pas plus bêtes que moi et moi je ne suis pas super bon en français… Puis l'émotion… Non, je ne pourrais pas. J'aimerais vraiment bien, mais je n'y parviendrais pas…

— Amina, tu as connu Steph aussi ?

— Oui, mais pas autant que vous. Je l'ai rencontré pour la première fois début du mois seulement. Mike me l'avait présenté. Nous avons passé quelques jours chez lui… Mais je ne crois pas avoir la légitimité pour faire le discours et le lire. Vous le connaissiez toutes et tous bien mieux que moi !

— Et si nous les jeunes du village, on te demande de lire le discours en notre nom, tu accepterais ?

— Oui, bien sûr ! Mais je ne veux pas marcher sur vos plates-bandes…

Jérémy interrogea la salle. Tous s'accordèrent unanimement pour demander à Amina de prononcer l'hommage. Elle accepta et annonça qu'elle consacrerait la journée du lendemain à écrire le discours au nom de tous.

Vers vingt et une heures, nous nous quittâmes. Amina avait réservé une chambre d'hôtel à Vouziers. Il était bien entendu hors de question de loger au manoir et chez Steph les chambres étaient prises par les membres de la famille, dont les grands-parents, venus de Rocroi et de Monthermé. Sur la route, j'appelai alors ma grand-mère sur son portable. Je lui annonçai qu'Amina resterait à l'hôtel le lendemain pour écrire le discours et que je ne la dérangerais pas. Mamy me proposa alors de se revoir. Je convins rapidement avec Amina d'utiliser sa voiture pour aller chercher ma grand-mère chez elle. Elle m'emmènerait déjeuner ensuite à Sedan pour bavarder un peu.

Le dimanche après la sortie de la messe, j'arrivai chez mes grands-parents. Ma grand-mère avait guetté mon arrivée par une fenêtre. Dès qu'elle me vit, elle sortit de la maison et me serra très fort dans ses bras. Nous embarquâmes alors pour Sedan. Elle voulait m'inviter au restaurant du château. Sur la route, le long de la Meuse, nous aperçûmes l'usine « Franlift » où François travaillait. Inévitablement, je repensai aux menaces proférées par mon grand-père.

— C'est là-bas que le papa de Steph travaille, mamy !

— …

— C'est de là que papy veut le faire déloger si jamais nous parlons du château dans la forêt…

— …

— Crapule ! Le pauvre Steph, lui, ne parlera plus !

— C'est terrible, mon petit, cette affaire ! Atroce !

— Ce qui est surtout effrayant, ce sont les antécédents. Ce n'est pas seulement une balle de revolver qui a tué Steph : c'est la rumeur. C'est la calomnie et le mensonge. Et ce cher Monsieur Chapiseau y a une part énorme de responsabilité…

— Aucune idée. Papy n'en parle pas depuis que c'est arrivé. Il m'a annoncé la chose et c'est tout.

— Il est sans doute gêné d'en discuter. Je me demande s'il se sent ne fut-ce qu'un tout petit peu coupable. Ça m'étonnerait très fort…

— Je n'en sais rien. Si les rumeurs n'étaient pas fondées, alors, en effet, c'est très grave. Mais de toute façon, Stéphane a été assassiné et il y a une raison à cela. Si ce n'est pas la drogue, il y en a une autre, mais laquelle ? Qui pouvait lui en vouloir à ce point ?

— Aucune idée. Pour moi personne. C'était un gars sans histoire. La vraie question, je crois, c'est : avait-il quelque chose à cacher ? Ou bien : savait-il certaines choses qu'il n'aurait pas dû connaître ?

— C'est un mystère. Peut-être que l'enquête permettra d'y voir plus clair.

— Oui, sauf s'il y a des pressions…

— Que veux-tu dire ?

— Tu te souviens de ce que papy a dit le jour où nous nous sommes échappés du château ? Il a dit qu'il avait le bras assez long pour faire auditionner Steph par la brigade des stups. Il a ajouté qu'il avait le pouvoir d'intervenir chez « Franlift ». C'est curieux !

— Il ne faut pas exagérer, tu sais. Papy a sans doute une parcelle de pouvoir dans la commune, mais en dehors de ça, je ne le pense pas.

— Je l'espère. Amina n'est pas de cet avis. Elle m'a avoué avoir réfléchi à l'affaire et elle se demande si papy n'a pas joué un rôle précis dans tout ça.

— Il ne faut rien exagérer. Quel intérêt aurait-il eu à faire disparaître un jeune homme de dix-neuf ans ? Aucun !

— Je ne sais pas…

— …

— Il sera avec le conseil municipal à l'enterrement ?

— Non, il m'a dit qu'il se ferait excuser.

— Évidemment !

— Il souhaitait que je le représente à l'enterrement…

— Et alors ?

— J'ai refusé. Je ne suis pas son bouche-trou et je ne suis pas une élue du peuple, moi. Je lui ai dit de se faire représenter par Bernard Lardatte. Moi, j'irai à la cérémonie, même si je ne suis pas athée. Mais je n'irai pas m'asseoir près du conseil. Je me trouverai dans l'assistance. J'y vais pour Stéphane et pour toi aussi, mon petit.

— Merci mamy et bravo ! Tu as eu du courage de lui dire non.

— Oui, c'est très, très rare que j'agisse comme ça envers lui…

— Et son excuse, c'est quoi ? Du bidon, je suppose…

— Il va écrire un mot aux parents de Stéphane pour dire qu'il est retenu par une réunion importante à Paris.

— Bien ! Et je suppose que Paris n'aura jamais été si proche de Saint-Denis. Il verra la tour Eiffel de la bicoque, pas vrai ?

— En effet…

— Il n'a aucun courage. Il serait mal à l'aise de se présenter devant les parents de Steph ; voilà le fond de l'histoire.

— Sûrement.

— Après les avoir méprisés durant des années et lancé toutes ces calomnies, il aurait peur de croiser leurs regards… Il va se terrer comme un rat pendant toute la journée dans sa baraque. Tu as lu son hypocrisie dans le journal ?

— Oui, j'ai lu. Je le lui ai reproché, d'ailleurs…

— Qu'est-ce qu'il a répondu ?

— Que ça faisait partie du jeu politique !

— Incroyable ! Moi avec lui, c'est terminé à tout jamais !

— Ne dis pas cela, mon loulou. Il peut toujours se produire un événement dans la vie qui fait qu'on se réconcilie.

— Je n'y crois pas.

— Tu sais, avec tout ce qui vient de se passer, je regrette d'avoir à un moment tenu des propos désobligeants sur ton ami.

— Ne t'inquiète pas, mamy ; à toi je pardonne, tu le sais bien…

Durant le repas à Sedan, ma grand-mère me demanda si elle pouvait venir nous rendre visite quelques jours en août à Paris. Je lui répondis qu'elle était bien sûr la bienvenue et que nous nous ferions un plaisir Amina et moi de l'accueillir dans la capitale. Elle était attristée de voir que je mangeais très peu. J'avais toujours du mal à encaisser la terrible nouvelle. Elle me dit craindre que je ne tombe dans la dépression suite aux événements. Je ne pris pas de dessert.

Le déjeuner achevé, je la reconduisis à Saint-Denis. Ensuite, je repassai quelques instants chez les parents de Steph. Ils avaient un meilleur moral que la veille, même si la tristesse ne pouvait bien entendu pas les quitter. Jérémy les avait mis au courant qu'Amina lirait le discours d'hommage. Ils en étaient ravis. La maison était toujours remplie de visiteurs.

Je repris ensuite la route pour Vouziers. Amina venait de parachever son texte dans la chambre d'hôtel. Elle souhaita me le lire afin de recueillir mon avis. Je ne voulus pas et lui dis que je lui faisais entièrement confiance. Elle m'en remercia. Nous fîmes ensuite une petite promenade dans les rues de la ville. Mon esprit était hanté par la cérémonie du lendemain. D'une certaine manière, je l'appréhendais. La journée serait chargée d'émotion. Elle serait difficile à vivre pour beaucoup.

Et voici qu'arriva le jour le plus pénible de ma vie. Peu avant quinze heures, le corbillard arriva devant le domicile des parents de Steph en vue de la levée du corps. Plusieurs amis et connaissances avaient offert des fleurs ; elles ornaient le véhicule noir. Il ne fallut que quelques minutes pour rejoindre la salle communale où aurait lieu la cérémonie. Comme de tradition, la famille se plaça directement derrière le corbillard, suivie des jeunes, du conseil municipal, puis de la foule des habitants du village, des anonymes et bien sûr des inévitables curieux alertés par la presse régionale… L'atmosphère était à l'image de la météo : lourde, pesante. Il régnait dans la foule un silence presque inquiétant. Je ne savais trop quoi penser de l'attitude de tous ces gens. À quoi songeaient-ils ? Nourrissaient-ils pour Steph et sa famille des sentiments de compassion ? Voulaient-ils les venger ? Ressentaient-ils de la haine pour les auteurs du meurtre ? Un étrange et angoissant sentiment de vide me saisit. Amina, à mes côtés, silencieuse, se concentrait, me semble-t-il, sur le discours qu'elle allait prononcer… Marianne pleurait, tentant difficilement de retenir ses sanglots. François et Valériane, abattus, affichaient un air plutôt résigné et tellement triste. Ma grand-mère m'avait salué et avait embrassé Amina avant que le cortège ne s'ébranle. Elle suivait le cercueil dans la foule.

Nous arrivâmes alors à la salle. Le corps fut sorti du véhicule puis déposé sur un catafalque à roulettes. Il fut emmené à l'intérieur, au centre du local. Tout autour, des chaises avaient été disposées de manière à ce que Steph soit entouré de toutes parts. Lionel Savary, un animateur laïque, connaissance de la famille Gardiez, était venu spécialement de Carignan pour assurer le bon déroulement de cette cérémonie. J'aperçus Bernard Lardatte inviter ma grand-mère à rejoindre le conseil municipal. Fidèle à ce qu'elle m'avait annoncé la veille, mamy refusa poliment et resta dans l'assistance. Les édiles étaient presque au complet ; seul manquait un certain Charles Chapiseau, retenu à Paris-lès-Saint-Denis par des impondérables en pleine période estivale…

La foule une fois installée, Savary salua la famille et toutes les personnes présentes. Il lut un très joli texte de Samuel Ullman sur la jeunesse, puis la chanson « Caravane » de Raphaël fut diffusée par des haut-parleurs. Steph adorait cet air déjà un peu ancien. Il affirmait que c'était une des plus remarquables compositions de la chanson française contemporaine. Beaucoup ne purent retenir leurs larmes à ce moment-là. Savary annonça ensuite l'hommage de la jeunesse du village et invita Amina à prendre la parole. Elle se rendit un peu anxieusement vers le micro, regarda l'assistance de son merveilleux et profond regard, puis se lança… Moi, je retenais mon souffle et surtout je l'admirais pour sa classe, son courage et sa force !

Discours prononcé par Amina aux funérailles de Stéphane
Lundi 2 août 2021 à Saint-Denis

Chers Marianne, François, Valériane,
Chers Amis, Mesdames et Messieurs,

Les jeunes du village m'ont demandé de prononcer ce jour un petit discours pour accompagner Steph sur les chemins de l'inconnu. J'ai choisi de ne pas adopter le style de l'éloge funèbre qui de tradition s'impose en pareille occasion. Dans ce genre de littérature, on trouve aux défunts des qualités que personne ne leur connaissait et jamais un seul défaut. Steph, qui était un garçon entier, n'aurait pas apprécié. Il n'aurait sûrement pas non plus aimé que l'on s'en prenne publiquement à celui ou à ceux qui l'ont arraché à la vie.

Malgré cela, reconnaissons-le : aujourd'hui, ce n'est plus l'été. Le soleil brille dehors, mais c'est la lumière pâle de la Toussaint qui prévaut. Aujourd'hui, ce n'est plus l'été ; ce n'est plus la période des retrouvailles, des promenades, des pique-niques et des bains de rivière. Aujourd'hui, c'est l'hiver. C'est janvier ou février : il gèle dans nos cœurs et dans nos âmes. Le froid a envahi nos sens, a engourdi nos mouvements. La neige a recouvert nos pensées et nos espoirs. Aujourd'hui, c'est la nuit en plein jour. Le solstice n'apparaît pas à l'horizon. Les arbres ont perdu leurs feuilles, les fleurs se sont fanées... Aujourd'hui, nous accompagnons un ami qui nous a quittés sans bruit, sans rien voir, sans rien sentir. Il s'en est allé, victime de bourreaux cachés, de félonies, de rumeurs incontrôlables et incontrôlées, d'incompréhensions.

Tous ici nous avons connu Steph. Je ne suis pas sûre que l'hiver qui nous habite à présent soit la saison dans laquelle il se trouve, lui, en ce moment, là d'où peut-être il nous voit, d'où peut-être il nous entend, d'où peut-être il nous observe, un sourire estival à ses lèvres, le regard lumineux comme nous le connaissions.

Il aurait au contraire aimé que l'on restaure l'été, qu'on allume à nouveau le soleil, que l'on ressuscite les fleurs fanées, que l'on fasse reverdir les saules, les hêtres et les chênes. Alors, faisons-le, tous ensemble, ici et à présent en communion avec lui, en son souvenir. Oublions que c'est l'hiver. C'est l'été et il flamboie. Regardez et écoutez. Steph est dans la rivière, il nage avec ses copains. Steph est sur le terrain de football : il vient de marquer un but sous les cris de joie des supporters de Saint-Denis. Steph est à Charleville où il étudie comment concevoir des programmes informatiques. En ce moment encore, il est dans son jardin, au milieu des siens et de ses amis : il prépare un repas champêtre. Il est heureux d'accueillir tous ceux et toutes celles qu'il aime. À sa table, il y a de l'eau, du pain, du raisin, des corbeilles de fruits et d'amour. Il y a du sucre, des confitures, des douceurs, des dattes, des figues. Un bouquet de roses rouges et blanches s'y trouve aussi.

Regardez-le. Il affiche toujours son sourire sur ses lèvres minces, dans ses yeux profonds. Ses beaux cheveux brun-châtain flottent dans l'air chaud. Comme il l'a toujours fait, il nous tend la main, il nous invite. Il n'exclut pas, jamais. Il accueille, il reçoit. Il ne ferme pas ses tympans à nos propos ; il les entend, il les apprécie et les savoure. Il les comprend, toujours. Il ne les travestit pas.

Écoutez-le : il parle en cet instant. Vous entendez ses paroles ? Il ne profère aucune menace de vengeance, il ne se met pas en colère, il ne nourrit aucune rancœur. La haine est absente de ses propos. Il nous demande d'en faire autant. Certes, il comprend notre incrédulité et notre effroi devant les événements qui l'ont frappé, mais il sait aussi que nous devons continuer à vivre, à nous battre, à persévérer au milieu des tourments de l'existence et des tourbillons qu'elle nous réserve en permanence.

Steph est toujours cet être d'amour que j'ai personnellement à la fois si peu connu et tellement connu, tant aimé. Mais est-il besoin de connaître quelqu'un intensément pour deviner comment est la prédisposition de son cœur ? Au contraire, on perçoit, on pressent, on sait aussitôt qu'il appartient à la catégorie des êtres d'amour.

L'être d'amour dépasse toutes les convictions, tous les clivages, les clans, les idées, les catégories, les divisions et les subdivisions. Il reçoit tout et il donne tout. Il préfère d'ailleurs donner que recevoir. Il donne son sang pour les autres, son esprit, sa combativité, son énergie, son temps, son savoir, tout ce qui l'habite. L'être d'amour ne frappe pas, ne blesse pas, ne tue pas. Il reçoit les blessures des inconnus, il panse leurs plaies, il soigne les cœurs malades, il guérit les esprits tristes. Il préfère la vie à la mort, la joie à la tristesse. Mais sa joie à lui, ce n'est pas celle si artificielle des kermesses et des fêtes foraines. La vraie joie qui habite l'être d'amour, c'est celle qui est capable de traverser les ténèbres, de vaincre la mort, de naître au milieu de la nuit.

L'être d'amour donne la main. Sa poignée est ferme. L'être d'amour est simple, il n'aime pas les décors inutiles, les mises en scène compliquées, les falbalas et les hypocrisies. Il fuit les estrades et les podiums. Il ne recherche pas les médailles d'or pour lui, mais pour les autres. Il se contente du bronze ou même d'une simple participation sans victoire.

L'être d'amour ne recherche pas les honneurs ; il se bat pour que d'autres les reçoivent à sa place. Il ne court pas après les titres, les diplômes et les brevets. Et s'il en reçoit, il les remet en jeu et il quitte la partie. Il n'a pas de religion ; il n'a que des convictions et aussi des doutes, énormément. Il n'essaie jamais de convertir, simplement de faire découvrir et apprécier.

Steph n'a pas été un être d'amour. Il est et sera toujours un tel être. Pourquoi ? Parce que l'être d'amour ne peut pas mourir. Oui, il est immortel. À force d'avoir donné, guéri, distribué, embrassé, soulagé, nourri, étreint, il atteint l'immortalité. On ne peut pas l'oublier. Son souvenir est marqué à jamais dans les mémoires, dans les esprits, dans les temps et les climats, dans les sables des déserts, dans les vagues des océans, dans les cieux tourmentés et clairs. Les années et le temps n'ont aucune prise sur lui et ne pourront jamais en avoir. L'oubli ne le connaît pas. L'ignorance et l'insignifiance le fuient.

Steph, tu es un être d'amour, tu es notre amour. Je le sais, personnellement, intensément. Nous tous rassemblés nous le savons. Et si nous ne te connaissions pas, la foule ici présente témoigne inévitablement de cette essence qui est la tienne : l'amour.

Steph, merci d'aimer, merci de nous aimer. C'est enfin à ton tour à présent d'être aimé.

Amina

Son texte terminé, Amina sourit tendrement aux parents et à la sœur de Steph, puis regagna lentement sa place. La foule, terriblement émue par le discours, se leva spontanément et salua la mémoire du disparu par une longue salve d'applaudissements. Moi, encore une fois, je ne pus retenir mes larmes. Amina, mon amie, ma chérie, venait de rendre un hommage merveilleux à mon grand copain d'enfance. Je n'avais d'yeux que pour elle. Je lui serrai sa main et l'embrassai sans pouvoir prononcer un seul mot, tant j'étais ému. Elle avait su toucher le cœur de l'assistance. Son discours n'avait été teinté d'aucune parole de haine. Il avait été digne et sobre. Bravo, mon cœur ! J'avais compris le sens profond de ses propos : à « l'être d'amour », elle venait d'envoyer une « lettre d'amour »...

Lionel Savary prononça encore quelques paroles puis invita l'assistance à quitter la salle, à attendre que le cercueil soit ramené vers le corbillard en vue de l'inhumation au cimetière du village. Durant tout ce mouvement, une autre chanson appréciée de Steph fut diffusée : « Et si en plus y'a personne » d'Alain Souchon.

Lorsque le cercueil sortit de la salle, la foule applaudit à tout rompre ! Les mains battaient, soulevées en l'air, pour ovationner Steph, pour lui dire adieu, merci, comme aussi pour saluer en lui la victime d'agissements odieux. Ce moment me rappela ceux si souvent vus à la télévision, montrant les funérailles des personnes abattues par l'ETA en Espagne ou la Camorra en Italie. Le même esprit régnait ici. Je sus alors que l'assistance considérait Steph non comme un coupable, mais bien comme un innocent. C'était là finalement la plus belle revanche pour mon ami disparu. Je vis alors ses parents et sa sœur sourire franchement, marqués par l'émotion, remerciant la foule par des petits signes de la tête. Curieusement, je ressentais une certaine joie, un indicible et curieux petit bonheur…

Au cimetière, l'émotion reprit le dessus lorsque le cercueil fut descendu dans la fosse récemment creusée. Les parents de Steph avaient fait disposer sur un guéridon un large panier d'osier rempli de simples fleurs des champs fraîchement cueillies : des marguerites, des coquelicots, des boutons d'or, quelques iris, des blés aussi… Chacun fut invité à en saisir une, à s'arrêter un instant devant la tombe pour s'y recueillir, à jeter la fleur sur le cercueil, puis à se retirer. Tout était dit, tout était fini… Steph allait à présent reposer en paix dans la fraîcheur de la terre.

Les jeunes du village invitèrent ensuite la famille et les amis de Steph à se rendre au local du football où des tartes aux fruits, du thé, du café, des jus et de l'eau étaient proposés. À l'issue du goûter d'enterrement auquel François et Marianne invitèrent ma grand-mère, nous prîmes congé de la famille, non sans lui avoir promis de revenir en visite. Il était temps pour Amina et moi de regagner Paris. Avant de nous en aller, je demandai à Amina de me laisser encore aller quelques instants au cimetière pour dire adieu à Steph en toute intimité. Lui et moi nous étions à présent seuls. Mentalement, je lui dis combien je le regrettais, combien je l'aimais… Et je pleurai, je pleurai…

J'avais à peine quitté le cimetière et franchi sa lourde grille que je fus surpris par une voix venant de derrière.

— Monsieur Michaël Chapiseau ?

Je me retournai. Deux gendarmes en uniformes étaient là.

— Veuillez nous suivre à la gendarmerie de Vouziers, s'il vous plaît !

Il ne me fallut pas deux secondes pour deviner ce que les flics me voulaient. Je trouvai toutefois indécent de leur part de venir ainsi me cueillir pratiquement par surprise à la sortie du cimetière alors que je venais de rendre un ultime hommage à mon ami disparu. Qu'ils se soient doutés de ma présence à l'enterrement n'est pas surprenant. En revanche, le fait de m'avoir probablement filé durant une partie de la journée me restait en travers de la gorge.

Amina, ayant aperçu la maréchaussée, intervint aussitôt.

— Qu'est-ce que vous lui voulez ?

— Cela ne vous regarde pas ! C'est avec Monsieur Chapiseau que nous avons à traiter, pas avec vous !

— Où l'emmenez-vous ?

— Je vous redis que cela ne vous concerne pas !

Amina qui avait certainement deviné aussi le motif de la visite des gendarmes était hors d'elle. Je me devais de la rassurer.

— Ne t'inquiète pas, mon cœur. Je vais les suivre. Ce n'est sûrement rien de grave ! Elle peut venir avec, j'espère ?

— Qui est-ce ?

— Ma copine !

— Elle peut nous suivre avec un véhicule privé, mais en aucun cas embarquer à bord du nôtre. Vous, vous venez directement avec nous ! Mademoiselle devra nous attendre à l'extérieur de la gendarmerie.

— Ça va durer longtemps ?

— Aucune idée. Ça dépendra de vous !

— Nous devons retourner à Paris ce soir encore…

— Pour le moment, vous allez nous suivre ! Venez, Monsieur !

Amina, éreintée par la journée difficile, éclata en sanglots. Elle, si forte, si battante, craquait sans doute d'avoir dû contenir trop longtemps la tension de l'après-midi. Je la pris dans mes bras un instant pour la consoler. Puis les deux agents se firent pressants et je dus bien me résoudre à les suivre. Arrivé à Vouziers, je fis un grand signe à Amina, toujours en larmes derrière la vitre de sa voiture. On m'indiqua que j'allais être interrogé par un inspecteur de police. Celui-ci arriva, grand, mince, impressionnant de froideur…

— Bonjour Monsieur.

— Bonsoir…

— Vous avez raison, bonsoir ! Inspecteur Patrick Térennacq de la police judiciaire. Je vais devoir vous poser quelques questions.

— Oui, allez-y…

— Nos renseignements indiquent que vous étiez lié d'amitié avec Monsieur Stéphane Gardiez. Est-ce exact ?

— Oui, c'est bien ça.

— Quand l'avez-vous vu pour la dernière fois ?

— Il y a deux ou trois semaines, je crois.

— Veuillez être précis, s'il vous plaît.

— Ça devait être mi-juillet, avant que je ne rentre à Paris avec ma copine… Je ne me souviens plus de la date exacte.

— Bien avant le décès de Monsieur Gardiez donc…

— En effet !

— Quelle était la nature de votre relation avec Stéphane Gardiez ?

— Que voulez-vous dire ?

— Que faisiez-vous ensemble ? Comment se passaient vos rencontres ?

— Steph était un ami d'enfance. Je le retrouvais deux fois par an en venant en vacances chez mes grands-parents à Saint-Denis. On faisait beaucoup de sport ensemble, surtout du foot, oui !

— Lors de votre récent séjour à Saint-Denis, n'avez-vous rien remarqué de suspect au domicile de Monsieur Gardiez ?

— Rien du tout !

— Tout indique que vous avez passé plusieurs jours avec votre amie chez lui. Pour quels motifs ?

— Parce que j'étais en conflit avec mon grand-père.

— Pour quelle raison ?

— C'est familial !

— Précisez…

— C'est personnel. Ça ne regarde que moi.

— Non, Monsieur, ça regarde la police aussi. Je vous écoute.

— Eh bien, il ne supportait pas que je fréquente Steph.

— Pourquoi ?

Je me sentais piégé. Je ne pouvais lui parler du château de peur que le papy ne se retourne contre le père de Steph s'il venait à l'apprendre. En plus, je sentais que le policier voulait me faire parler des rumeurs sur la drogue ! Tant pis ! Il fallait que je me jette à l'eau… mais comment démarrer ? Que dire pour bien faire ? Je me sentais tout perdu et terriblement hésitant…

— Mon grand-père n'aimait pas Steph et ses parents.

— Quelle était la raison de cette inimitié ?

— La famille Gardiez, ce sont des gens simples. Ils ne fréquentent pas les personnes comme mon grand-père et ils ne sont pas dans le moule que veut mon papy.

— Ne vous moquez pas de moi, monsieur, je vous prie.

— Je ne me moque pas de vous, je vous jure que c'est vrai !

— Étiez-vous au courant de rumeurs concernant Stéphane Gardiez quelques semaines avant sa mort ?

J'étais fait comme un rat. On allait parler drogue… Je n'avais plus le choix.

— Oui… des rumeurs… de drogue…

— En effet… Je vous écoute…

— On prétendait que Steph se droguait et était un dealer.

— Qui disait cela ?

— Des gens…

— Je m'en doute bien, pas des vaches. Qui ?

— Mon grand-père !

— Il voulait donc vous protéger en ne souhaitant pas que vous alliez chez Gardiez !

— Non, c'était faux ! Toutes ces rumeurs, c'était du délire, de la connerie et de la calomnie.

— Qu'en savez-vous ?

— Parce que je connaissais très bien Steph et que je savais qu'il n'avait jamais touché à la beuh !

— Vous avez des preuves ?

— Non, bien sûr !

— Comment pouvez-vous alors être aussi affirmatif ?

— Parce que je le connais depuis tout petit et qu'il n'était pas du genre à se droguer… C'était un mec sérieux. En plus, ses parents n'avaient pas les moyens financiers pour tremper là-dedans.

— Ça ne veut rien dire !

— …

— Vous semblez mal à l'aise ! Pourquoi n'avoir pas suivi les recommandations de votre grand-père ?

— Je vous l'ai dit : parce que c'était faux d'A à Z.

— Monsieur Gardiez a quand même été assassiné !

— Oui !

— Pourquoi à votre avis ?

— Je n'en sais rien du tout.

— En êtes-vous certain ?

— Oui, affirmatif !

— Vous n'avez même pas une hypothèse ?

— Non ; Steph n'avait pas d'ennemis. Je ne comprends pas pourquoi on l'a tué. Surtout de cette manière-là !

— Et vous, avez-vous déjà touché à la drogue dans votre vie ?

— Jamais ! Vous êtes dingue ou quoi ?

— Vous perdez le contrôle de vos nerfs, Monsieur ! Aurai-je touché un point sensible ?

— …

— On dirait bien, oui ! Avez-vous informé Stéphane Gardiez des bruits qui couraient sur lui ?

— Non.

— Pour quelle raison ?

— Je ne voulais pas l'inquiéter avec ça. C'était de la foutaise !

— Vous avez affirmé que Monsieur Gardiez était votre ami. Et vous n'avez pas voulu le tenir au courant de ces rumeurs ! Curieuse amitié…

— Mettez-vous à ma place. C'était mon grand-père qui racontait ça.

— Vous avez voulu protéger votre grand-père d'une vengeance éventuelle de Monsieur Gardiez ?

— Mais non, enfin.

— Pourquoi alors n'avoir rien dit ? Je vous repose la question…

— Mais Steph se serait fait du mauvais sang pour rien !

— Comment votre grand-père a-t-il appris ces rumeurs ?

— À la mairie de Saint-Denis. Il est adjoint au maire !

— Et malgré cela, vous avez continué à fréquenter Monsieur Gardiez !

— Oui puisque je ne croyais pas à toutes les saloperies racontées sur son compte !

— Votre grand-père est un homme respectable, une personnalité en vue…

— …

— Vous faites la moue. Eh bien, je vous écoute… Vous semblez troublé…

— Je ne sais pas !

— Votre grand-père aurait-il pu vous mentir ?

— … Oui !

— Pour quelle raison ?

— Je vous l'ai dit : il n'aimait pas Steph !

— Ce n'est pas une raison ! Monsieur Gardiez aurait-il pu s'en prendre à votre grand-père ?

— De quelle manière ?

— C'est moi qui vous pose la question.

— Non ! Steph n'était pas quelqu'un de violent. Au contraire !

— Mais votre grand-père voulait vous protéger de lui ?

— Mais non, je vous l'ai déjà dit. Il ne le supportait pas…

— Il nous a été rapporté que vous vous êtes rendu avec Monsieur Gardiez à Charleville-Mézières durant votre séjour dans le département. Pour quelle raison ?

— Pour aller acheter une boussole !

— Une boussole ! Pour quel usage ?

— Pour faire des randonnées dans les bois !

— Tous ces kilomètres pour une boussole ! Qu'avez-vous fait d'autre à Charleville ?

— Rien ! Nous sommes revenus à Saint-Denis immédiatement après !

— Que faites-vous dans les jours à venir ?

— Je serai à Paris chez ma copine.

— Je vous prierai de me laisser votre adresse ainsi que vos coordonnées téléphoniques.

— Mais pourquoi ?

— Pourquoi Monsieur ? Vous n'ignorez pas que Stéphane Gardiez était étudiant dans la préfecture ?

— Oui, je sais…

— Il y résidait la semaine durant l'année scolaire, dans un studio qu'il partageait avec des… des amis.

— Oui, je sais cela.

— Étiez-vous déjà allé dans ce studio ?

— Non, jamais. Je ne sais même pas où il se trouve dans la ville.

— Il se fait que la brigade des stupéfiants a retrouvé de l'héroïne dans ce studio !

— C'est pas possible ! C'est faux !

— Vous êtes policier ?

— Putain !

— Calmez-vous, Monsieur !

— Je suis super, hyper calme !

— Je vous prierai de vous tenir à la disposition de nos services dans les jours à venir. Vous serez réinterrogé, inévitablement…

— Pourquoi ?

— À votre avis ? Vous en savez peut-être plus long que ce que vous me dites !

— C'est pas croyable !

— Si Monsieur. Vous ne semblez pas vous rendre compte qu'il s'agit d'une affaire très grave ! Vous avez été le témoin privilégié des derniers jours de Stéphane Gardiez. Vos témoignages seront donc très utiles. Je vous invite à bien réfléchir et à nous dire tout ce que vous savez… Je vous recommande aussi d'envisager lucidement tous les risques que vous courrez si vous occultez la vérité…

— Je vous l'ai dit : tout ça doit être faux.

— Non, vous avez déclaré que c'était faux ! Vous étiez affirmatif ! À présent, vous parlez pratiquement en laissant un doute possible ; c'est différent… Cela signifie-t-il que vous souhaitez revenir sur certaines de vos déclarations ?

— Non. Dans cette affaire, tout est faux.

— Monsieur Chapiseau, votre attitude me paraît un peu ambiguë. Certaines de vos réponses, de vos affirmations ne sont, ni claires, ni franches. Nous y reviendrons… Vous pouvez aller… Pour le moment… Bon retour à Paris !

Je quittai le commissariat décomposé, sous le choc, incrédule ! C'était un nouveau cauchemar ! Amina m'attendait comme convenu à l'extérieur. Quand je la vis, je m'effondrai en larmes dans ses bras ! Après lui avoir résumé mon interrogatoire, c'est elle qui lâcha à nouveau prise. Elle était comme sans forces. Nous décidâmes alors de retourner à l'hôtel, incapables de reprendre la route. Notre chambre n'avait pas été relouée et nous l'occupâmes à nouveau.

Nous passâmes la nuit dans les bras l'un de l'autre en déversant toutes les larmes contenues en nous. Nous étions effondrés, mais nullement stupéfaits par la présence d'héroïne dans le studio de Steph. Il occupait ce logement avec d'autres : rien ne pouvait donc l'accuser lui directement !

Durant la nuit, découragés, au bout du rouleau, nous décidâmes d'annuler les vacances dans le midi avec les amis. J'avais la bonne excuse de devoir rester à disposition de la police. Ça ne ferait sûrement pas plaisir aux copains, mais nous voulions être seuls elle et moi, nous soutenir mutuellement, affronter les épreuves à deux, dans le calme. Nous n'avions plus du tout le goût aux amusements. Le lendemain matin, après une nuit blanche, nous reprîmes tant bien que mal la direction de Paris.

Journal d'Amina
Mercredi 11 août 2021

Mike déprime chaque jour un peu plus. Il est en train de perdre toute sa joie de vivre. J'ai même peur qu'il ne fasse une grosse bêtise. Je n'ose presque pas le laisser seul, sauf s'il le demande. Il est en plus à nouveau convoqué par la police à Vouziers le 18. Ça n'a pas traîné. Il perd le goût à tout. Je ne sais plus quoi faire pour l'aider. J'ai prévenu les amis que nous ne pourrions pas les accompagner en vacances. Certains ont bien compris, d'autres ont fait la tête. Tant pis. Michaël passera toujours avant tout et tout le monde !

Depuis les événements de juillet, des questions me torturent jour et nuit. Et si Stéphane avait été assassiné de peur qu'un jour il ne révèle ce qu'il savait sur le château dans la forêt et sur son secret ? Et si le grand-père Chapiseau avait en quelque sorte mis à exécution une partie de ses menaces ? Et s'il avait tenu un rôle précis dans la mort de Steph ? En imaginant que les réponses à toutes ces questions soient positives, cela signifierait qu'une autre personne pourrait se trouver dans la ligne de mire des assassins : Michaël en personne ! Cette pensée me terrorise, me glace. Je dois faire tout ce qui est en mon pouvoir pour protéger Mike, absolument tout. Et je le ferai, car il est l'amour de ma vie. S'il venait à mourir, je le suivrais aussitôt. Vivre sans lui m'est impossible. Je l'aime trop.

Je résolus de récupérer mes effets personnels au domicile de mon père et de ma mère. Amina m'y emmena en voiture avec plusieurs caisses en carton récupérées dans une supérette. Personne ne se trouvait dans la maison à Carrières. Je me rappelai alors que mes parents étaient partis en vacances dans les Alpes. J'emportai tout ce qui m'appartenait : mes vêtements, mes CD, mes BD, mes DVD, mes blues rays, mes cours, mes accessoires de sport, mes bibelots, ma collection de voitures de course miniatures, mon poster dédicacé de Tony Parker… Nous nous rendîmes aussitôt à Nanterre où tout fut déposé dans le studio d'Amina. Nous avions résolu d'habiter là en couple dès la prochaine rentrée. Il me faudrait alors trouver un boulot sur le côté pour financer mes études. Il était hors de question de dépendre encore de mes parents et de profiter de l'argent du père d'Amina.

Mon rendez-vous à la gendarmerie de Vouziers avait été fixé le dix-huit à quatorze heures. Amina m'y emmena avec sa voiture. Elle ne voulait pas que je conduise moi-même. Depuis quelques jours, je le reconnais, je n'étais plus le même. Il était évident que je m'enfonçais dans une dépression. J'étais inattentif, absent, découragé, distrait…

Quel été j'étais en train de passer ! Le pire de ma jeune vie… Durant le trajet en voiture, j'avais ressassé les derniers événements intervenus depuis quelques semaines ; impossible bien sûr de les chasser de ma mémoire. Si j'essayais, ils revenaient. Je ne pourrais plus jamais m'en défaire. Dans mon esprit, je me mis, un peu comme dans un rapport, à énumérer ce que j'avais vécu depuis début juillet…

– J'étais tombé chez des fous au milieu d'une forêt ;

– J'avais fait l'amour avec Steph ;
– J'avais rompu les ponts avec mon grand-père ;
– Je m'étais blessé et avais été hospitalisé ;
– J'avais perdu mon grand ami d'enfance ;
– J'avais sombré dans la dépression ;
– J'avais été emprisonné ;
– J'avais failli mourir torturé et assassiné ;
– Je ne voulais plus devoir dire merci à mes parents ;
– J'avais dû m'intéresser à l'histoire de France ;
– J'avais jeté de la soupe à la salade au ruisseau ;
– J'avais annulé des vacances avec des potes ;
– J'étais resté plus de trois jours sans pratiquer un sport ;
– J'avais été interrogé par les flics ;
– J'avais, j'avais et je n'avais pas…

J'avais vécu tellement de choses que la tête m'en tournait ! Heureusement, dans cette tempête qui me jetait à tout moment sur les récifs de ma jeunesse, je pouvais compter sur Amina. Elle était devenue comme une petite mère pour moi. Elle m'aimait plus que jamais, voulait me protéger à tout prix. Elle me maternait, tentait de prévoir mes désirs, mes tracas, devinait mes problèmes, mes interrogations, apportait des solutions, me consolait… Sans elle, je crois que j'aurais commis l'irréparable. Quelques jours plus tôt, je m'étais promené seul sur les quais de la Seine. Arrivé sur le pont des Arts, je m'étais accoudé à un balustre pour observer Notre-Dame, l'île de la Cité, les toits de l'hôtel de ville… C'était pour moi la plus belle vue sur Paris. L'idée m'était venue de me jeter à l'eau ou de me précipiter la tête la première sur un bateau-mouche qui passerait en contrebas. C'est en revoyant le sourire d'Amina, venu illuminer mon esprit que j'ai renoncé à mon acte de désespoir… En elle, j'admirais la force, le courage et la combativité, toutes ces qualités qui m'avaient fui…

En elle, j'avais trouvé le grand amour, une perle, la femme que la faiblesse de l'homme supplie pour être redressée. Pensant à elle, j'avais en tête ces paroles d'une ancienne chanson de Florent Pagny : « Et si un jour une femme, dont le regard vous frôle, vous porte sur ses épaules comme elle porte le monde… »

À Vouziers, je revis le même inspecteur. Il m'interrogea dans le même local pour me poser les mêmes questions. J'eus le sentiment d'avoir perdu mon temps en revenant dans les Ardennes. J'appris que l'enquête n'avait pour ainsi dire pas progressé. Sur le sachet d'héroïne, on ne put déceler ni l'empreinte digitale ni la moindre trace d'ADN. Je répétai à l'Inspecteur Térennacq ma conviction absolue de l'innocence de Steph dans toute cette affaire. L'entretien se termina par les mêmes injonctions : je devais me tenir à disposition de la police pour tout complément d'information, pour tout nouvel interrogatoire. J'eus l'impression que l'enquête s'enlisait peu à peu…

Nous repassâmes ensuite à Saint-Denis, au cimetière. Sur la sépulture de Steph, quelques vestiges de montages floraux subsistaient. D'autres, terrassés par l'été, avaient été ôtés et jetés au rebut. Amina et moi, serrés l'un contre l'autre, nous pleurâmes à nouveau toutes nos larmes d'incompréhension, de tristesse, de dégoût, mais aussi nos larmes d'amour pour Steph. Après, nous rendîmes visite à Marianne et François, vieillis de dix, pour ne pas dire de vingt ans, sans sourire, éteints, défigurés, abîmés, désespérés de ne pouvoir connaître les assassins de leur enfant… et surtout les raisons de cette mort injuste.

Le soleil d'août, toujours plus pâle que celui de juillet, me parut franchement terne. Dans cette pénombre, il y avait toutefois des petits signes de lumière. Mamy, qui avait souhaité nous rendre visite à Paris, nous avait confirmé son intention quelques jours plus tôt. Nous passâmes donc la prendre au manoir. Elle resterait une petite semaine près de nous. Discrète, soucieuse de préserver notre intimité, elle ne voulut pas habiter la chambre d'amis dans l'appartement du père d'Amina. Elle en avait réservé une autre dans un hôtel à deux pas de la gare de Lyon.

Au manoir, après avoir longuement attendu derrière la vitre du hall d'entrée, elle accourut à notre rencontre, rayonnante, sa valise à la main. Elle était très heureuse de nous retrouver. Elle amena aussi un grand sac rempli de pots de confitures et de légumes du jardin : carottes, tomates, haricots, petits pois. Nous en aurions pour tout le séjour. Elle n'avait pas oublié d'arracher une heure auparavant deux laitues afin de nous faire de la soupe à la salade… Elle nous proposa de prendre un rafraîchissement à quelques kilomètres de là, sachant que nous n'entrerions pas au manoir. Les deux véhicules étaient dans l'allée du garage, signe tangible que le monstre était à l'intérieur… Je pense qu'elle devait être ravie de pouvoir le laisser là croupir dans sa tanière quelques jours durant, s'éloigner de ses humeurs, de ses propos blessants, de sa hargne et de sa méchanceté.

Dans la capitale, ma grand-mère fut à notre égard d'une gentillesse et d'une prévoyance à toute épreuve. Elle nous emmena plusieurs fois au restaurant où, à chaque fois, elle dut constater que j'avais perdu l'appétit. Elle m'offrit quantité de ces crèmes glacées qui avaient toujours fait mon régal. Durant nos promenades, c'était une dame blanche près de l'Opéra, une Brésilienne aux Tuileries, mais à chaque fois la coupe repartait à moitié pleine. Elle revisitait Paris avec plaisir : Saint-Eustache pour les concerts de musique d'orgues, Saint-Sulpice pour se confesser, le Marais, le Quartier latin, le Luxembourg… Je m'efforçais de sourire en l'accompagnant…

À la fin de son séjour, elle alla rendre visite à mes parents à Carrières. Ils étaient rentrés de leurs vacances en Haute-Savoie. Ils la reconduiraient un peu plus tard à la gare de l'Est pour qu'elle reprenne un TGV pour Rethel. Elle s'en irait alors retrouver le premier adjoint au maire…

Amina ne savait qu'inventer pour me faire passer des journées agréables. Elle m'emmenait au musée, au cinéma, en balade dans la vallée de Chevreuse, à la piscine, sur les quais de Paris-plage, en visite chez ses copines… Le souvenir de Steph la hantait aussi, mais elle avait, elle, la volonté de me faire surmonter l'épreuve en me prenant par la main partout, jour et nuit, par tous les temps… C'est tout si elle ne m'habillait pas, ne me bordait pas, ne me donnait pas la panade et le biberon. Moi, en revanche, je sombrais. J'étais en perdition…

Un matin, en relevant le courrier, elle eut la surprise de constater qu'une invitation intéressante lui était adressée. Une agence de promotion du tourisme en Île-de-France lui annonçait qu'elle faisait partie des cent heureux élus tirés au sort à Paris recevant deux entrées gratuites pour une visite promotionnelle du domaine de Versailles, château et jardins. La journée ludique était programmée le 1er septembre suivant, quelques jours avant le retour à la fac. Elle m'en parla et nous décidâmes de répondre favorablement. Elle renvoya le coupon-réponse et conserva les billets d'entrée.

C'était assez incroyable. D'une certaine manière, c'est ce fameux Louis XIV qui était responsable de nos malheurs, de nos déboires estivaux, peut-être de la perte de Steph. Bien sûr, depuis son sarcophage de verre, il n'aurait jamais pu deviner quel mal il aurait fait, quelles conséquences dramatiques son aura aurait un jour engendré trois siècles après sa mort. Et nous allions achever nos vacances en visitant le grand chef-d'œuvre de son règne, le lieu depuis lequel il avait rayonné, au point qu'il en existe une succursale miniature dans une vaste forêt près d'un village ardennais appelé Saint-Denis !

Extrait du journal « Le Parisien »
Jeudi 2 septembre 2021

« Actes barbares dans les jardins de Versailles »

Hier, dans le parc de Versailles, des promeneurs ont trouvé, étendus non loin d'une fontaine, les corps de deux jeunes gens assassinés par des flèches. La jeune fille, 20 ans, répondant au nom d'Amina Al-Ahmed et domiciliée à Paris (12e), a reçu une flèche dans la gorge. Son compagnon, Michaël Chapiseau, 19 ans, domicilié à Carrières-sur-Seine (Yvelines), en a, lui aussi, reçu une en plein cœur. Les deux jeunes étaient en couple et sans histoires. Tous deux étudiaient à Nanterre ; elle en droit, lui en éducation physique. Rien n'explique à cette heure ce double meurtre particulièrement barbare. Le parquet de Versailles est descendu sur les lieux pour le constat. Un juge d'instruction a été déféré pour faire la lumière sur cette pénible affaire. Le plus saisissant est que la police a trouvé, attaché à la flèche ayant tué le garçon, un genre de parchemin contenant un texte mystérieux que les autorités nous ont livré et que nous reproduisons ici :

Celui qui l'une des Sentes empruntera
le Tombeau du Roy saura
et sa Fin trouvera

Extrait du journal de France Inter
Jeudi 16 juin 2022 à 17 heures

On s'en souvient, le 1er septembre de l'année dernière, deux jeunes gens, Amina Al-Ahmed et Michaël Chapiseau, avaient été retrouvés assassinés par des flèches dans les jardins du château de Versailles. L'enquête sur ce double meurtre n'a toujours pas abouti et aucun indice sérieux n'a été relevé permettant d'accréditer une piste ou l'autre. Mieux encore : la confusion judiciaire dans cette affaire est totale. On apprend ce jour qu'un troisième juge d'instruction vient d'être nommé pour reprendre l'enquête à zéro. Les deux précédents avaient été dessaisis pour des motifs peu clairs. Les parents des victimes ne cachent plus leur exaspération et viennent d'écrire au Garde des Sceaux pour se plaindre des dysfonctionnements de la justice. Ils souhaitent aussi être reçus à l'Élysée.

Le prix des carburants s'envole en France…

Extrait du 20 heures sur France 2
Mercredi 29 novembre 2023

Vous vous en souvenez peut-être : le 1er septembre 2021, un couple d'étudiants avait été retrouvé assassiné non loin du bassin de Neptune dans le parc de Versailles. Il s'agissait d'un double homicide horrible puisque les deux jeunes avaient été tués par des flèches, comme au Moyen-Âge. Faute de preuves et d'indices suffisants, et malgré que l'affaire ait été prise en charge par plusieurs juges d'instruction, on a appris ce jour que le parquet de Versailles venait de classer le dossier.

Le prix des matières premières continue de grimper en France…

Extrait du journal « L'Écho des Ardennes »
Lundi 22 janvier 2024

« Ardennes : un décès dans le monde politique »

Monsieur Bernard Lardatte, maire de Saint-Denis, a informé notre rédaction du décès du premier adjoint Charles Chapiseau. En politique depuis près de 40 ans, Monsieur Chapiseau a été retrouvé mort hier matin dans la forêt, près de son véhicule 4x4. Un revolver se trouvait à ses côtés et tout portait à croire que l'intéressé s'était donné la mort. Le parquet de Charleville-Mézières, descendu sur place, a confirmé vers 15 heures qu'il s'agissait bien d'un suicide.

Dans l'entourage de Monsieur Chapiseau, on disait l'adjoint au maire très abattu depuis le décès de son petit-fils Michaël survenu en 2021. Depuis cette date, Charles Chapiseau avait fait deux séjours en clinique pour dépression nerveuse. Il ne s'était jamais bien remis de l'événement dramatique survenu trois ans plus tôt. Son petit-fils avait en fait été assassiné d'une flèche en plein cœur dans le parc de Versailles.

Monsieur Chapiseau était responsable de toute la gestion rurale de la commune de Saint-Denis. Il était très apprécié de ses concitoyens et des chasseurs de la région dont il présidait les nombreuses associations. Nous avons également appris qu'il est décédé un lys à la main gauche, fleur à laquelle était attaché un petit carton avec cette curieuse inscription : « 1er septembre, anniversaire de la mort de Louis XIV et meurtre de mon petit-fils Michaël. 21 janvier, anniversaire du meurtre de Louis XVI et mort de Charles Chapiseau. Longue vie à la Maison royale de France ». Comprenne qui pourra !

La dépouille mortelle de Charles Chapiseau repose à son domicile : Le Manoir, chemin de la Croix-aux-Bois à Saint-Denis. Les visites sont admises de 14 à 18 heures. La cérémonie funèbre se tiendra le jeudi 25 janvier à 10 heures 30 en l'église du village. Selon ses dernières volontés, communiquées par son épouse Madeleine Delahousse, l'intéressé a demandé à ce que l'office religieux se déroule selon la liturgie ancienne d'avant le concile Vatican II. Le défunt sera ensuite enseveli au cimetière de Saint-Denis dans l'intimité familiale. Les seules fleurs souhaitées sont des lys.

Ding, dong…

— Bonjour, Madame Chapiseau !

— Bonjour facteur. Quelles bonnes nouvelles ?

— Moi, ça va… J'en profite pour vous présenter de vive voix toutes mes condoléances, Madame.

— Merci, Fabrice. C'est très aimable.

— Je vous en prie. Il y a un recommandé pour vous. Vous voulez bien signer le récépissé ?

— Bien sûr ! Et voici… Bonne journée, Fabrice. À bientôt !

— Au revoir, Madame.

— Quoi ! Ce n'est pas possible ! Sur l'enveloppe… C'est l'écriture de Charles…

Lettre recommandée de Charles Chapiseau à son épouse Madeleine Delahousse

Saint-Denis, le 19 janvier 2024

Ma petite Bretonne,

Lorsque tu recevras cette missive, je serai déjà mort. Mon corps sera enseveli sous cette terre où l'abominable individu que j'aurai été aura cessé de faire le mal. Je t'écris ce courrier en ce vendredi 19 de la mairie. Lorsque je l'aurai terminé, je me rendrai dans une agence postale pour te l'envoyer de manière à ce qu'il te soit délivré par lettre recommandée (afin d'éviter tout égarement de courrier...) le 31 de ce mois seulement.

Ce que je vais te raconter ici, je voulais que tu l'apprennes, mes funérailles une fois passées afin de ne pas ajouter à ta détresse et à ton trouble du moment. Ce que j'ai à te révéler dans ces lignes est suffisamment terrible pour que je me sois enfermé dans ce bureau et que je prenne le temps de t'écrire tout ce qui est nécessaire à une juste compréhension de certains événements que toi et moi avons vécus de très près ces dernières années.

Tout d'abord, tu te souviens certainement du décès en 2021 de l'ami de notre petit-fils, Stéphane Gardiez. Je dois t'avouer avec grande honte, ma petite Bretonne, que je suis le commanditaire de son assassinat. Tu vas te demander pour quelles raisons j'ai agi ainsi...

Pour que tu comprennes bien, je te demanderai de te reporter aux événements du mois de juillet 2021. Souviens-toi : comme chaque année à pareille époque, Michaël est venu passer quelques jours chez nous au manoir. Peu de temps après son arrivée, il nous a fait part d'une de ses découvertes : un château habité en plein milieu de la forêt de Saint-Denis.

J'ai tout mis en œuvre pour étouffer cette histoire en allant jusqu'à accuser Stéphane Gardiez de faire ingurgiter de la drogue à Michaël. Le climat est alors vite devenu détestable entre Michaël et moi. Je ne voulais pas que la chose se sache, car je connaissais parfaitement l'existence de cette bâtisse, contrairement à ce que j'affirmais alors.

Le château en question recèle un véritable secret d'État. Dans ses caves se trouve en effet le sarcophage contenant ni plus ni moins le corps embaumé de Louis XIV. La dépouille du Roi a été amenée là après la Révolution de manière à échapper à la profanation organisée de la basilique de Saint-Denis par les révolutionnaires ou du moins ceux qui se disaient tels et qui n'étaient en réalité que de vils destructeurs, successeurs honteux des régicides de 1789.

Ce château, construit dans les années 1790, est aussi le siège de l'Ordre de Saint-Denis. Tu n'en as jamais entendu parler, car il s'agit d'une société secrète à laquelle ton Charles appartenait. Cette espèce de secte – je dois bien employer ce substantif – protège au milieu des bois, dans la totale discrétion, le plus fameux symbole de l'histoire de France et en même temps le corps de ce grand Roi. L'Ordre, dès sa création, avait pour but de liquider la République ou toute autre forme de régime et bien sûr de restaurer la monarchie. C'est toujours son ambition aujourd'hui : placer l'héritier légitime des rois sur le nouveau trône de notre pays, mais aussi faire du catholicisme la religion officielle et unique du royaume de France.

En un peu plus de deux siècles, le château et son secret furent bien gardés. Ils ne furent découverts que par une seule personne : notre Mickey. Je devais donc faire tout ce qui était en mon pouvoir afin d'éviter que ces choses ne soient rendues publiques. Pour y parvenir, j'ai donc monté de toutes pièces ce scénario diabolique consistant à accuser Stéphane Gardiez de droguer Michaël. Cela devait rendre les propos de notre petit-fils dénués de tout sens.

Toutefois, les événements prirent une autre tournure que celle espérée. La veille de la deuxième randonnée de Michaël en vue de retrouver le château, tu t'en souviens sûrement, Amina, son amie, avait débarqué chez nous pour quelques jours de vacances. Durant le dîner, Michaël avoua qu'il retournerait le jour suivant dans le château avec Stéphane. J'ai alors prétexté un important travail à la mairie afin de vous quitter. En réalité, j'en avais profité pour prévenir les « habitants » du château de la venue des deux jeunes le lendemain.

Le principal responsable sur place prit immédiatement la décision de les liquider, purement et simplement, s'il parvenait à les capturer dans le château. J'étais désespéré : je ne voulais pas que notre petit-fils soit assassiné. Dans la nuit, j'ai alors contacté un autre homme demeurant dans la bâtisse afin de le soudoyer, moyennant une très forte somme d'argent. Cette personne devait libérer Michaël et Stéphane et s'arranger pour leur faire prendre la clé des champs dans le cas où ils auraient été attrapés.

Il n'eut pas l'occasion d'agir, car les deux amis, retenus effectivement prisonniers, étaient très rapidement parvenus à s'échapper. Je le sus par après. L'homme en question, lui, a été retrouvé mort dans la geôle du château, attaqué puis tué probablement par Michaël ou Stéphane qui ne pouvaient se douter de rien de mes manœuvres, bien sûr.

Je suis allé plus loin encore. L'Ordre m'en voulait de cet échec et m'en tenait même pour personnellement responsable. Je devais donc rentrer en grâce auprès de ses dirigeants. C'est ainsi que via les relations de l'Ordre, nous avons, sur ma proposition, organisé l'assassinat de Stéphane Gardiez. Pour justifier postérieurement notre acte, un de nos membres a réussi à déposer discrètement un petit sachet d'héroïne dans le logement d'étudiant que Stéphane occupait à Charleville-Mézières. Une enquête judiciaire eut même lieu. Elle n'aboutit pas, mais le doute avait été jeté et cela suffisait à nos chefs pour accréditer la thèse d'une guerre des gangs de la drogue dans la région et repousser toute investigation possible en direction des habitants du château.

L'Ordre est infiltré partout : dans la magistrature, l'armée, la police, la gendarmerie, mais aussi à l'Assemblée nationale, au Sénat, à Matignon, à l'Élysée, dans les régions et les départements… Il a des ramifications dans le monde entier : à la Maison Blanche à Washington, au palais apostolique du Vatican, dans toutes les cours catholiques d'Europe : Belgique, Luxembourg, Monaco, Liechtenstein, Espagne. Et j'en passe tant la liste serait bien trop longue à énumérer… Ces appuis facilitaient toujours toutes nos manœuvres, y compris les plus odieuses et même certaines entreprises criminelles, comme tu le sais à présent.

Ensuite, les dirigeants de l'Ordre ne voulurent pas se contenter de faire disparaître Stéphane. Ils voulaient aussi que toutes les autres personnes connaissant le secret soient supprimées, c'est-à-dire Michaël lui-même et son amie Amina. J'avais commis l'erreur de leur avouer qu'il était en couple et qu'inévitablement il avait dû dévoiler le secret à sa compagne. Comme il s'agissait de notre petit-fils, j'ai tout fait pour m'y opposer. Je te le jure ! Il faut me croire. Je suis à nouveau allé jusqu'à leur proposer de l'argent. Ils ne voulurent rien entendre.

Pour arranger les choses, en guise de compromis, ils me proposèrent alors de faire de Michaël l'initié qui me succéderait au sein de l'Ordre le moment venu. Mais l'état de nos relations était tel que c'était impossible : Michaël, comme tu le sais, avait en effet rompu tout contact avec moi durant son séjour de juillet 2021.

La machine est puissante et aucune chose ne peut l'arrêter. Sans bien entendu m'en prévenir, les responsables ont réussi à tendre un piège à Michaël et Amina. Ils leur ont fait parvenir une invitation à visiter Versailles dans le cadre d'une prétendue opération de marketing touristique. Michaël et Amina sont hélas tombés dans le guet-apens. Je ne l'ai su qu'après leur mort. C'est pour se venger de mon attitude voulant les protéger qu'ils leur ont réservé ce sort horrible : les flèches dans la gorge et au cœur. Si je ne leur avais pas résisté, ils se seraient contentés d'une arme à feu moderne… comme pour Stéphane.

Grâce à ses relais et ses influences, l'Ordre est parvenu à faire échec à toutes les enquêtes judiciaires diligentées suite au décès de Stéphane, Amina et Michaël. Toutes les affaires, tu t'en souviens, furent classées sans suite sous prétexte d'un manque de preuves ou d'indices.

Tu dois te demander aussi par quel moyen j'étais devenu membre de l'Ordre de Saint-Denis. Je dois t'avouer que dans la famille Chapiseau nous le sommes de père en fils depuis cinq générations à présent. Lorsque je sus qu'Etienne et son épouse ne viendraient jamais habiter le manoir, mais resteraient en région parisienne, un autre habitant du village (je tairai son nom) a été initié pour me succéder à ma mort.

Les ramifications du réseau vont aussi jusque chez les particuliers, surtout dans la proche contrée. Dans ma famille, nous avons toujours été royalistes ; ne me demande pas pourquoi, c'est ainsi. Nous avons donc été éduqués dans l'espoir d'une restauration monarchique en France. J'ai cela dans le sang et je l'aurai jusqu'à ma mort qui interviendra demain matin.

En effet, tu l'auras deviné : même si je n'ai pas tenu dans mes mains les armes des crimes, j'en suis en quelque sorte le commanditaire et l'initiateur, directement dans le cas de Stéphane, indirectement pour les autres. Je ne peux plus continuer à vivre avec cela sur la conscience. C'est trop lourd. J'ai donc décidé de mettre fin à cet insupportable calvaire. Dimanche, après la messe à Varennes, commémorant le décès de Louis XVI, je reviendrai dans notre forêt avec une arme à feu et je me donnerai la mort.

Sache toutefois que je pars dans le néant avec toujours mes espoirs et mes convictions royalistes. Je nourris le vœu qu'un Bourbon règne à nouveau un jour sur un royaume restauré où le catholicisme romain sera religion d'État. Notre pays seulement alors pourra pleinement mériter son titre de « fille aînée de l'Église ». Je ne verrai pas ce jour, mais il adviendra ; j'en ai la profonde conviction.

Que faire à présent de cette lettre ? Je n'ai pas d'ordres à te donner. Je te laisse juger. Tu peux la rendre publique et l'Ordre de Saint-Denis aura perdu son caractère secret. Etienne, notre belle-fille ainsi que les parents Gardiez pourront alors réellement entamer leurs deuils. Tu peux aussi la brûler ou ne jamais la révéler et tout continuera probablement des années encore. Tu vois toute l'étendue de ma lâcheté : je ne peux même pas te conseiller une manière unique d'agir avec ce courrier. Dès que la présente sera achevée, je détruirai l'ordinateur sur lequel je l'ai écrite.

Tu as vécu sous mon joug durant des années, j'en conviens. J'étais un mari autoritaire, sec, froid, tranchant. J'ai dû quantité de fois agir de cette manière pour protéger le secret de l'Ordre. Pardonne-moi, je t'en prie. Dans un temps indéfini, tu seras rappelée au Créateur. Moi, avec le sang que j'ai sur les mains, j'irai passer l'éternité aux enfers. La barque de Charon m'y conduira d'ailleurs dans quelques heures.

Avant que la mort ne m'emporte, je dois t'avouer, ma petite Bretonne, que tu auras toujours été pour moi la femme de ma vie. J'ai si souvent à ton égard usé et abusé de cette image trop facile tirée de Proust : tu auras été la petite Madeleine au beurre breton que j'ai trempée dans le thé brûlant que nous dégustions chaque jour en fin d'après-midi. Les saveurs qui m'en venaient dans la bouche ont fait que tu as toujours occupé la plus haute place au panthéon de mon existence. Sois-en infiniment remerciée, ma chérie et pardonne-moi de n'avoir jamais pu être à la hauteur de l'amour que tu m'as porté. Pardonne-moi encore, si tu le peux, d'avoir découvert ce jour l'être abject que je n'aurai jamais cessé d'être pour aller jusqu'à assassiner un innocent et à m'ôter la vie, le tout au mépris de mes profondes convictions chrétiennes.

Nous ne nous rencontrerons hélas plus. Je t'aime, ma petite Bretonne. Je te dis adieu. Avec une immense détresse au fond de l'âme, je te crie surtout : à jamais !

Ton Charles

PS : N'entretiens plus les lys autour de la maison. Moi parti, ils peuvent mourir aussi.

Imprimé en France
Achevé d'imprimer en avril 2023
Dépôt légal : mars 2023

Pour

Le Lys Bleu Éditions
40, rue du Louvre
75001 Paris